Olivier Liron est né en 1987, il vit à Paris. Normalien et agrégé d'espagnol, il enseigne la littérature comparée à l'université Paris 3-Sorbonne Nouvelle avant de se consacrer à l'écriture et au théâtre. Il se forme en parallèle à l'interprétation et à la danse contemporaine à l'École du Jeu et au cours Cochet. Son premier roman, *Danse d'atomes d'or*, est publié en 2016 chez Alma Éditeur. Il est également l'auteur de pièces de théâtre, de scénarios pour le cinéma et de fictions sonores pour le Centre Pompidou.

DU MÊME AUTEUR

Danse d'atomes d'or
Alma Éditeur, 2016

Olivier Liron

EINSTEIN, LE SEXE ET MOI

romance télévisuelle
avec mésanges

ROMAN

Alma Éditeur

TEXTE INTÉGRAL

ISBN 978-2-7578-7738-8
(ISBN 978-2-36279-287-8, 1ʳᵉ publication)

© Alma Éditeur, Paris, 2018

Le Code de la propriété intellectuelle interdit les copies ou reproductions destinées à une utilisation collective. Toute représentation ou reproduction intégrale ou partielle faite par quelque procédé que ce soit, sans le consentement de l'auteur ou de ses ayants cause, est illicite et constitue une contrefaçon sanctionnée par les articles L. 335-2 et suivants du Code de la propriété intellectuelle.

« Nous avions quelque chose au cœur comme l'amour. »

Arthur Rimbaud

« La définition de la folie, c'est de refaire toujours la même chose, et de s'attendre à un résultat différent. »

Albert Einstein

« On se régale ! »
Julien Lepers

1

Bienvenue dans mon monde

Je suis autiste Asperger. Ce n'est pas une maladie, je vous rassure. C'est une différence. Je préfère réaliser des activités seul plutôt qu'avec d'autres personnes. J'aime faire les choses de la même manière. Je prépare toujours les croque-monsieur avec le même Leerdammer. Je suis fréquemment si absorbé par une chose que je perds tout le reste de vue. Mon attention est souvent attirée par des bruits discrets que les autres ne perçoivent pas. Je suis attentif aux numéros de plaques d'immatriculation ou à tous types d'informations de ce genre. On m'a souvent fait remarquer que ce que je disais était impoli, même quand je pense que c'était poli. Quand je lis une histoire, j'ai du mal à imaginer à quoi les personnages pourraient ressembler. Je suis fasciné par les dates. Au sein d'un groupe, il m'est difficile de suivre les conversations de plusieurs personnes à la fois. Quand je parle, il n'est pas toujours facile de placer un mot. Je n'aime pas particulièrement lire des romans. Je trouve qu'il est compliqué de se faire de nouveaux amis. Je repère sans cesse les mêmes schémas dans les choses qui m'entourent. Je préfère aller au musée qu'au théâtre. Cela me dérange quand mes habitudes quotidiennes sont perturbées. J'aime beaucoup les calembours comme « J'ai mal occu, j'ai mal occu, j'ai mal occupé ma jeunesse. » Parfois je ne sais pas comment entretenir une conversation. Je trouve qu'il est difficile de lire entre les lignes lorsque quelqu'un me parle. Je note les petits changements dans l'apparence de quelqu'un. Je ne me rends pas toujours compte que mon interlocuteur s'ennuie. Il m'est extrêmement difficile de faire plus d'une chose à la fois. Parfois, au téléphone, je ne sais pas quand c'est mon tour de parler. J'ai du mal à comprendre le sarcasme ou l'ironie. Je trouve qu'il est compliqué de décoder ce que les autres ressentent en regardant leur visage. Le contact physique avec un autre être humain peut me remplir d'un profond dégoût, même s'il s'agit d'une personne que je désire. Si je suis interrompu, j'ai du mal à revenir à ce que j'étais en train de faire. Dans une situation de stress avec un interlocuteur, j'essaie de le regarder dans les yeux. On me dit que je répète les mêmes choses. Quand j'étais enfant, je n'aimais pas jouer à des jeux de rôle. Je trouve qu'il est difficile de s'imaginer dans la peau d'un autre. Les nouvelles situations et surtout les lieux que je ne connais pas me rendent anxieux. J'ai le même âge que Novak Djokovic et un an de moins que Rafael Nadal. Quand je regarde un film où un personnage fait des cupcakes, je passe tout le reste du film à me demander combien de cupcakes ont été cuisinés exactement. Je ne supporte pas de porter des jeans trop serrés. Une exposition à une source de lumière trop vive me plonge dans un état de panique. Toutes mes émotions sont extraordinairement fortes et on m'a souvent dit que la façon dont je réagissais était exagérée. Je me souviens des dates de naissance des gens. J'ai publié un premier roman chez Alma éditeur en 2016. Je vais vous raconter une histoire. Cette histoire est la mienne. J'ai participé au jeu télévisé *Questions pour un champion* et cela a été très important pour moi. J'ai passé plusieurs journées avec Julien Lepers. Pour m'endormir, je fais parfois le produit de 247 856 fois 91. Il suffit qu'une femme ou qu'un homme me prenne dans ses bras pour que je frissonne violemment et que je songe sérieusement à l'épouser. Je n'ai jamais su faire de la corde à sauter. Le résultat du produit de 247 856 fois 91 est 22 554 896. Il suffit de faire 247 856 fois 9. Je commence par les gros chiffres. 1 800 000. 2 160 000. 2 223 000. 2 230 200. 2 230 704. Puis de multiplier par 10 : 22 307 040. Et d'ajouter 247 856 : 22 554 896. J'aime beaucoup les lasagnes, le chocolat à l'orange, la Patagonie et les chansons de Leonard Cohen. Bienvenue dans mon monde.

PREMIÈRE PARTIE

LE NEUF POINTS GAGNANTS

2

Diên Biên Phu

Le jour où j'ai joué à *Questions pour un super champion*, je ne me suis pas réveillé. C'est Paul de Senancour qui m'a réveillé. Paul de Senancour venait de perdre sa grand-mère. Il est sorti boire des coups pour noyer sa tristesse. Je lui ai laissé un double des clés. Quand il est rentré ivre à trois heures du matin, il a tout tenté pour faire le moins de bruit possible. Paul a le cœur sur la main. Il veut qu'on l'appelle Paul, mais en réalité son prénom c'est Paul-Étienne. Il marchait lentement sur le parquet qui craquait horriblement. Dans mon lit en mezzanine, je n'arrivais pas à m'endormir. Mon cœur battait à tout rompre. Le lendemain, je serais avec Julien Lepers. J'allais enregistrer les émissions de *Questions pour un super champion*, celles du dimanche où s'affrontent les vainqueurs de l'émission quotidienne. J'ai gagné trois fois la quotidienne au printemps ; j'ai perdu à la quatrième, heureusement, on m'a appelé pour participer aux prestigieuses *Questions pour un super champion*. On était le 15 août, jour de l'Assomption de la Vierge. J'avais mes écouteurs dans les oreilles avec la liste des batailles célèbres classées par date anniversaire dans l'année.

14 janvier 1797 : Rivoli. 8 février 1807 : Eylau. Du 13 mars au 7 mai 1954 : Diên Biên Phu.

Mon cœur cognait si fort que j'avais l'impression d'avoir un second cœur entre les yeux. J'avais une veine qui palpitait entre mes sourcils, le sang affluait à mes tempes – mon cerveau saignait à toute vitesse. Super Champion. J'ai fini par m'endormir vers quatre heures, épuisé.

J'ai dormi comme une souche et je n'ai pas entendu mon réveil le lendemain. Celui de Paul a sonné. « Quel con, a-t-il grommelé, je n'ai pas coupé mon réveil. » J'ouvre un œil, je vois la lumière dehors, le soleil déjà haut dans le ciel, je saute de ma mezzanine et je regarde l'heure. Presque neuf heures. Je suis convoqué aux studios à la Plaine Saint-Denis à neuf heures pile. Aucun retard permis. On me l'a bien expliqué au téléphone, sinon je serai disqualifié et remplacé par un autre candidat.

J'enfile une chemise, j'attrape mon sac de sport rouge, descends les marches quatre à quatre – je bondis comme un cabri le jour de sa première communion. Je vole jusqu'au métro Châtelet, je gambade dans les escalators, je joue des coudes pour m'engouffrer dans le RER.

Quand je déboule enfin à la Plaine Saint-Denis, il est neuf heures et demie. J'arrive dans les studios de Saint-Denis, trempé de sueur. Je passe les contrôles des vigiles et je pousse plusieurs lourdes portes. Comme dans *Le Magicien d'Oz* lorsque la petite Dorothy a enfin le droit d'aller voir le grand magicien. Derrière il y a un grand couloir qui mène à une autre double porte, puis encore un grand couloir qui forme un coude. Enfin j'arrive devant une porte avec marqué : « QPUC. » Quatre lettres sacrées.

Studio 16. *Questions pour un champion.*

Une jeune assistante de production aux cheveux auburn m'attrape au passage :

– Levez les bras.

L'assistante ne s'est pas présentée, elle prend un sèche-cheveux et commence à me sécher. Je transpire horriblement. Plus elle me sèche et plus je transpire, c'est beau et ironique comme un poème de Fernando Pessoa.

Au bout de vingt minutes, l'assistante laisse tomber. Elle ne m'a pas encore dit bonjour. J'ai l'impression que ma vie est en jeu, mais la production est concentrée sur mes aisselles.

Heureusement Marie-Victoire arrive. Je n'invente rien, Marie-Victoire s'appelle Marie-Victoire. C'est une femme adorable. Elle travaille à *Questions pour un champion*. Je l'ai rencontrée lors du tournage des émissions quotidiennes. Au sein de la production, elle est en charge des candidats.

– Bienvenue, Olivier. On va te préparer pour l'émission. Tu sais, ce n'était pas pressé, tu ne tournes qu'à dix-sept heures.

Marie-Victoire m'emmène à l'habillage.

Elle regarde dans le grand sac de sport rouge que j'ai trimballé, où j'ai fourré en vrac les cinq tenues de rechange obligatoires exigées par l'émission. Tout est froissé et sale, et Marie-Victoire fait une moue de dégoût, de tendresse maternelle et de dépit.

Elle se dirige vers un portant plein de chemises, farfouille dans les cintres et m'en tend une verte qui appartient à la production.

Une chemise verte ? Ma grand-mère Josefa m'a toujours dit que cette couleur porte malheur. Je refuse catégoriquement. C'est à cause d'une chemise verte que j'ai perdu aux émissions quotidiennes. Le pire souvenir de ma vie.

Je veux ma chemise rouge. C'est à prendre ou à laisser. Les négociations sont âpres.

Marie-Victoire abandonne et m'autorise à garder ma chemise rouge. Puis direction le maquillage. Difficile de me maquiller les paupières, je n'aime pas trop qu'on me touche le visage, encore moins les yeux. Coiffure. Encore un coup de sèche-cheveux sous les aisselles.

Marie-Victoire me dit que c'est bon, je peux souffler :

– Tu veux un café ?

Elle me désigne la machine à café, en libre service. Je rejoins les autres candidats dans la loge principale. C'est une petite pièce exiguë de quelques mètres carrés avec un moniteur télé qui diffuse ce qui se passe sur le plateau d'enregistrement.

Sur de vieux canapés, une dizaine d'autres candidats vont se répartir sur les tournages de la journée. Il y a des madeleines et du coca sur une table basse. Je prends une madeleine. Que je trempe dans du coca. Voilà.

Sur l'écran, Julien Lepers, que je n'ai pas encore vu, tourne son petit speech d'introduction avant la première partie de la journée. Il n'a pas l'air réveillé et doit refaire la prise plusieurs fois.

Marie-Victoire revient pour nous expliquer qu'on va enchaîner quatre émissions. Je passe en toute fin de journée.

Je reprends une madeleine et je la trempe dans du coca.

C'est marrant ce prénom, Marie-Victoire. Cela me fait penser à celui de ma mère. Je n'ai jamais su le prénom de ma mère. Je veux dire, son prénom de naissance.

Sur sa carte d'identité, c'est Marie, mais son prénom de naissance c'est Maria Nieves. Ou Marinieves. Quelque chose comme Marie-Neige. En espagnol.

Je crois qu'elle s'appelle Maria, en tout cas sa mère l'appelle comme ça. Quand je l'interroge sur son prénom de naissance, elle dit qu'elle ne s'en souvient pas, qu'elle l'a oublié.

Sur mon carnet de santé – un de ces vieux carnets de santé des années 80 où il est encore indiqué : « le lait de la mère est l'aliment idéal du nouveau-né » et « allaiter est un acte naturel qui rapproche la mère de son enfant » – le nom de naissance de ma mère est Maria Guttierrez.

Maria Guttierrez, Guttierrez avec deux t. Je ne sais pas si c'est l'écriture de ma mère sur le carnet de santé. Je crois que oui. C'est étonnant que ma mère ait écrit son nom avec deux t. Parce que Guttierrez avec deux t, ce n'est pas possible. En espagnol, il n'y a jamais deux t, ça n'existe pas.

C'est comme si ma mère avait totalement oublié sa langue natale. Elle est arrivée en France quand elle était une toute jeune fille et n'a jamais voulu parler espagnol avec ses enfants, mon grand frère et moi.

Sur le carnet de santé il y a aussi : « née en 1954 », et le lieu de naissance : « À… ». À cet endroit-là, c'est vide. « Nationalité et pays d'origine » : Vide. Il y a des vides dans l'histoire de ma mère.

Peut-être que ma mère voulait oublier qu'elle n'était pas née en France. Mais ce qui n'est pas accepté consciemment revient probablement sous forme de destin pour les générations suivantes.

Quand j'étais petit, j'habitais dans un village de Seine-et-Marne où il n'y avait pas beaucoup de gens « issus de la diversité » comme disent les hommes politiques, comme si la Diversité était un pays d'où viendraient des gens bizarres comme vous et moi. Je n'avais pas d'amis parmi les enfants de l'école primaire, alors je traînais avec Stéphane Jacquin, un type que tout le monde considérait comme un attardé. On allait dans la forêt toute proche et on chiait sur la voie ferrée. On prenait nos cahiers d'écolier, ceux sur lesquels le grand poète Paul Éluard écrit le mot « liberté », on déposait nos excréments dessus et on les disposait délicatement sur le ballast de la voie ferrée en attendant que les trains passent.

À l'approche enivrante du train, qu'on entendait gronder très à l'avance dans le profond silence de la forêt, on montait en haut des tours de contrôle qui bordaient la voie ; il y avait des échelles très hautes qui servaient à grimper tout en haut. On se pelotonnait au sommet de la tour, à plusieurs mètres au-dessus de la voie, et on attendait, impatients, que le train arrive à toute vitesse, passant à quelques centimètres dans un fracas épouvantable, en nous envoyant au visage un tourbillon de vitesse et de frayeur.

Un jour, le conducteur du train a klaxonné comme un fou en voyant nos deux petites têtes d'enfant à quelques centimètres de sa machine.

Ma mère est arrivée en France à l'âge où elle était encore une petite fille. Elle a galéré pour s'intégrer et n'a pas envie d'évoquer son enfance à Madrid sous le franquisme. Un jour, elle m'a raconté un souvenir d'école là-bas. Punie, elle devait tenir, pendant des heures, les bras en croix chargés de livres. Il fallait faire le Christ. Le maître rajoutait des livres quand elle faiblissait. Quand j'étais petit, je pensais que Franco était l'équivalent de Hitler, mais avec le Christ et la paëlla en plus. Ma mère a gardé ensuite ce goût pour la paëlla. Et aussi pour le Christ. Mais c'est une autre histoire.

Ma mère a toujours rêvé la France, le pays des idéaux, des droits de l'homme, de Jean-Jacques Rousseau, de Napoléon Bonaparte et de Nicolas Hulot. Ma mère vient d'une famille d'ouvriers, il fallait absolument être bon à l'école, et elle m'a transmis ça. C'était le seul moyen de s'en sortir. Je suis fier de ça, de cet héritage qu'elle m'a légué, et même si l'école n'est plus tout à fait l'ascenseur social qu'elle était pour ma mère, j'ai tout fait pour suivre les études les plus longues possibles. J'ai eu un parcours d'élève modèle. Baccalauréat à 17 ans, classe préparatoire littéraire à 18 ans, entrée à l'École normale supérieure à 20 ans. Agrégé à 23 ans. Enseignant à la Sorbonne à 24 ans. Julien Lepers à 25 ans. Dépucelage à 26 ans. Dépression à 27 ans. Mais c'est une autre histoire.

Je dois rester concentré pour la journée qui va suivre. Aujourd'hui, c'est le grand jour.

Mes adversaires dans les loges sont tous de grands champions qui ont remporté plusieurs fois les émissions quotidiennes. J'en connais certains sous leur nom de code. Sur les jeux de « quizz » en ligne comme Super Buzzer, Mon Légionnaire ou Be Quiz, ils ont des pseudonymes célèbres. Ce cinquantenaire à l'air inoffensif s'avère être Mitsuhirato, un tueur redoutable que j'ai souvent combattu sur Mon Légionnaire. Un des meilleurs gladiateurs.

Je repère mes adversaires. Il y a Renée-Thérèse, une charmante retraitée à l'air rusé, Jean-Michel un colosse monstrueux, et Caroline, une jeune femme en robe prune qui est professeur de droit à l'université de Perpignan. Renée-Thérèse, Jean-Michel, Caroline seront mes adversaires directs. Avec moi et contre moi sur le plateau. Tout à l'heure il faudra répondre plus vite qu'eux. Mieux qu'eux. Avant eux. Que je les tue. Que je les explose. Que je leur chie dans la gueule.

Mais pour l'instant nous faisons tous des petites blagues, on se détend. Ma tactique est d'essayer de sembler le plus gentil possible, afin qu'ils ne se méfient pas de moi.

J'ai repris une petite madeleine et je l'ai trempée dans du coca.

3

Un maître à l'ancienne

Je suis dans les loges de *Questions pour un champion* à Saint-Denis. Il est 17 heures et l'enregistrement de l'émission du dimanche, *Questions pour un super champion*, va enfin commencer.

La journée a été intense.

Michel vient de l'emporter dans la partie précédente face à Guy.

Guy est un vénérable bonhomme chauve, avec qui j'ai déjeuné le midi à la cantine. Il a pris du ragoût de veau avec de la purée et à mon avis il a fait une erreur, c'est trop lourd à digérer ; je me suis contenté de prendre de la soupe. De toute façon, j'aime la soupe, le houmous et la glace : je serai heureux quand je serai vieux. Avec ses lunettes à monture verte Guy m'a fait forte impression. Il me fait penser à Bibendum qui m'a toujours fasciné sur les cartes routières qu'il y avait dans la voiture de mes parents quand on partait en vacances et que ma mère s'amusait à jeter ses chaussures sur l'autoroute.

Guy a d'abord mis à terre Fabien, un jeune geek terrifiant, imbattable en mathématiques. Guy a fait jouer son expérience et n'a fait qu'une bouchée de

Fabien. Fabien a montré des lacunes dans la manche finale et il a perdu pied à l'occasion d'une question assez facile sur Francesco Moser. *Exit* Fabien, place à Guy. Et derrière, Michel est venu détrôner Guy sans pitié. La vie est une histoire pleine de cruauté, de bruit et de fureur et elle est racontée par Julien Lepers.

Michel est maintenant le Super Champion en titre. Il est informaticien à la retraite. Une barbichette maléfique et un petit air de Saroumane, le sorcier des ténèbres dans *Le seigneur des anneaux*. Probablement trente ou quarante ans d'entraînement en club. Un mastodonte. Un maître à l'ancienne.

Michel est arrivé en finale face à Guy et contre toute attente il l'a envoyé *ad patres* avec une facilité déconcertante, l'emportant 24 points à 14. Guy n'a rien pu faire. Je me souviens que la réponse sur le « pois de senteur » de Michel m'a particulièrement impressionné l'année dernière. Michel avait déjà remporté la « cagnotte » il y a un an dans les émissions quotidiennes, avant d'être invité à celles du dimanche. C'est-à-dire qu'il a déjà gagné cinq fois de suite. Personne ne l'a jamais battu.

– Pas de regrets, Guy ! Et nous avons un nouveau Super Champion, Michel !

C'est lui le Super Champion. C'est lui que je vais défier si j'arrive à éliminer les autres candidats.

Je sais que je peux le mettre en danger, mais ce sera extrêmement dur. Je dois rester concentré, penser : étape par étape. Mon objectif est de battre d'abord les autres candidats. Arriver en finale. Pour gagner le droit d'affronter Michel. Et tout donner.

Jouer le tout pour le tout.

4

Le bonhomme de neige et la mésange

Le plafond était fissuré et j'avais de l'eau qui me tombait sur le crâne ; ça faisait *floc*, *floc*. Il y avait des bruits qui venaient du plateau, une odeur de brûlé, et la lumière agressive et vénéneuse des spots.

J'allais entrer sur le plateau d'un moment à l'autre et je révisais dans ma tête les dates de naissance des cyclistes célèbres.

Gino Bartali : 1914. Jean Robic : 1921. Louison Bobet : 1925. Né à Saint-Méen-le-Grand en Ille-et-Vilaine.

Et Julien Lepers a surgi de nulle part, et s'est approché de moi. Je ne l'avais pas vu arriver.

Julien Lepers a un physique formidable, une tête très grande en proportion du corps, un crâne énorme posé sur un tronc courtaud et robuste. Comme un bonhomme de neige ou à la rigueur un brocoli.

Julien Lepers est quelqu'un de très doux et aussi de très mélancolique. Je crois que c'est un homme qui pleure son idéal déchu devant la réalité sèche, misérable et désenchantée. Il n'arrive pas à faire le deuil du chanteur qu'il aurait voulu devenir, et c'est pour ça qu'il parle d'une façon aussi étonnante et musicale.

Car, avant d'être présentateur de télé, Julien a voulu être chanteur. À la fin des années 70, il a chanté *De retour de vacances*, une chanson d'amour assez émouvante, qui a eu peu de succès.

Il a aussi chanté *Pleure sous la pluie* et *Je t'aime trop*. Sur Youtube on peut voir le clip de *De retour de vacances*. Julien est sur la Promenade des Anglais ; au bras d'une jeune femme, il entonne avec beaucoup d'intensité ce refrain :

> *Je voudrais seulement*
> *Pouvoir retenir le temps*
> *Et dire tout bas*
> *Aime-moi...*

Comme ça n'a pas marché, il s'est lancé dans la politique, et s'est présenté en 1981 aux élections législatives dans l'archipel de Saint-Pierre-et-Miquelon. Il était candidat pour le RPR, et Julien a fait campagne en dénonçant les inégalités dont souffraient les gens de Miquelon par rapport aux gens de Saint-Pierre, pour monter les uns contre les autres et récolter les voix du mécontentement. Mais il n'a pas réussi à semer la zizanie. Il a obtenu au total 181 voix. Ce qui faisait tout de même 6,86 % dans l'archipel de Saint-Pierre-et-Miquelon. Il est arrivé dernier et n'est pas devenu député RPR. Peut-être que si ça avait marché, il serait devenu ensuite ministre de Jacques Chirac. Et pourquoi pas Président.

Finalement, Julien a choisi la radio puis les jeux télévisés avec le succès que l'on sait, mais je crois qu'il n'a jamais fait le deuil de sa vie rêvée.

La première fois que j'ai vu Julien Lepers au printemps, je l'ai tout de suite beaucoup aimé. On a bien accroché tous les deux, je crois, d'autant qu'il n'y a pas beaucoup de candidats très jeunes dans l'émission.

Julien Lepers a l'air très timide au fond. Je pense qu'il voudrait continuer à chanter au monde qu'il est un grand romantique, mais sa malédiction, c'est que personne ne le croit depuis qu'il s'est lancé dans *Questions pour un champion*. Il rêve en secret de sauver le monde, mais il n'a jamais eu l'occasion de le dire haut et fort. Même si changer le monde, il l'a fait, à sa façon.

Questions pour un champion a changé la vie de millions de personnes. Et pas seulement des retraités. Une dame d'un certain âge m'a avoué un jour : « Julien Lepers, je ne suis même pas sûre de l'aimer, et on dit ce qu'on veut, on peut lui reprocher beaucoup de choses, mais tous les soirs, il est là pour moi. Dans ma vie, je ne peux dire la même chose de personne d'autre. » C'est peut-être la plus belle chose qu'on puisse raconter sur Julien Lepers et c'est aussi une très belle définition de l'amour que Julien nous porte à tous.

Je ne l'ai pas vu arriver. Il s'est avancé avec un pas chaloupé et très sexy qui doit ressembler à celui d'un unijambiste qui swingue sur *Solitude* de Duke Ellington.

Julien m'a regardé avec ses grands yeux bleus et ses cheveux frisés. J'étais toujours dans mes cyclistes.

Bernard Hinault. Bernard Thévenet. Laurent Fignon.

– Qu'est-ce que tu fais, m'a-t-il demandé.
– Je révise.
– Tu es toujours en train de réviser, toi.

Et j'ai senti comme une tristesse, une nostalgie de ne pas pouvoir être plus proche de ses candidats. Je crois qu'il m'aimait bien. On est entrés sur le plateau pour la photo en pleine lumière. On était là. Tous ensemble, pour la photo.

La jeune femme en robe prune qui s'appelle Caroline, le grand colosse Jean-Michel, la retraitée Renée-Thérèse et moi.

J'ai respiré profondément avec le ventre. Mon ventre était gonflé d'air. Julien m'a mis une petite tape : « Rentre ton ventre. »

Ensuite je me souviens qu'on s'est mis derrière les buzzers. Tout s'est bousculé dans ma tête, le sang est venu battre à mes tempes comme la mer, et c'était comme entrer dans un rêve sous la lumière aveuglante des projecteurs.

Je n'ai aucun souvenir de la présentation des candidats que j'ai vécue comme sous hypnose. Mais je me souviendrai toute ma vie de la toute première réponse que j'ai donnée.

Une réponse qui m'a lancé dans le match comme un Panzer allemand dans un champ de coquelicots en Normandie.

– Quel petit passereau, a commencé Julien, dont il existe une soixantaine d'espèces…

Caroline a appuyé timidement sur le buzzer.

– Le moineau, a tenté Caroline.

Julien n'a pas bronché.

– Ah non ! Bleue, charbonnière ! Oui, charbonnière ?

J'ai appuyé : « La mésange ? »

Julien a laissé passer trois milliards de siècles. Il m'a regardé droit dans les yeux comme s'il me voyait pour la première fois.

Et il a dit :

– La mésange, il a raison. La mésange !

J'ai trouvé que c'était un oiseau de bon augure pour commencer la partie. Quand j'étais enfant, je disposais un peu de margarine sur la margelle de la fenêtre de la cuisine, et les petites mésanges du jardin venaient la picorer avec prudence.

Cette question sur la mésange, je ne pouvais pas la rater. J'ai bien révisé mes listes. Je connais toutes les espèces de mésanges. Je connais la mésange bleue et la mésange charbonnière bien sûr, la mésange azurée, la mésange boréale, la mésange huppée, la lapone et la lugubre, la noire et la nonnette, la mésange à longue queue et la mésange à tête noire (qui n'est pas facile à différencier de la mésange noire), la mésange à tête brune, la mésange de Caroline, la mésange de David, la mésange de Gambel qui doit son nom au naturaliste américain William Gambel, la mésange à dos marron, la grise, la bicolore et l'unicolore, la mésange arlequin, la mésange à plumet noir, à ventre blanc, la cendrée, la mésange à ailes blanches, la mésange de Chine, la mésange à dos tacheté, la mésange des Canaries, la sultane... La mésange à épaulettes. La mésange à front blanc. La mésange à gorge rousse. La mésange à joues jaunes. La mésange à nuque rousse, à œil jaunâtre, à sourcils blancs, à ventre cannelle, à ventre gris, à ventre strié. Cendrée. Cul-roux. D'Iran. La mésange de Carp. La mésange de Hume. La mésange de Palawan. De Taiwan. De Weigold. La mésange des bouleaux. Des pinèdes. Élégante. Enfumée. Galonnée. Gracieuse. Indienne. Jaune. Modeste. Montagnarde. Nègre (un ornithologue raciste ?). Petit-deuil, quelle délicatesse. Somalienne. Et même la variée. Je crois que c'est à peu près tout. Quand j'ai répondu « la mésange » un ange est passé dans ma tête ou plutôt une mésange est passée au-dessus des studios, dans le ciel. Je suis parti très loin avec elle, mais tout ça a duré l'espace d'une nanoseconde.

Julien a continué :

– Bleue, charbonnière ou nonnette. D'accord !

Le public a applaudi très fort. La mésange, putain ! La mésange.

J'étais bien.

5

Bonsoir à tous

Retranscription d'un extrait de l'émission de *Questions pour un super champion* diffusée le 25/11/2012 sur France 3.

SPEAKER : Bonsoir à tous, découvrez le nouveau visage de notre Super Champion. C'est celui de Michel. À son actif, une première victoire. Pour lui un objectif ; la « Super Cagnotte » de 50 000 euros. Face à lui Caroline, Jean-Michel, Renée-Thérèse et Olivier. *Questions pour un super champion* pour le plaisir du jeu et de la connaissance avec bien sûr… Julien Lepers.

JULIEN LEPERS : Mais bien sûr ! Bonsoir ! Bonsoir mes amis oh oh ! Bonsoir à tous ! Un bon dimanche ! Une bonne fin de dimanche en pente douce. Avant la rentrée demain, avant une bonne semaine. Je vous signale que tous les soirs nous avons rendez-vous – pour ceux qui peuvent évidemment –, tous les soirs, 18 heures. *Questions pour des champions*. Nous remarquons à ce moment-là des candidats. Ils sont particulièrement brillants. Et nous les invitons pour nos émissions du dimanche. *Questions pour des supers champions*. Caroline qui se représente bonsoir !

CAROLINE : Bonsoir Julien, j'ai 28 ans, je viens de Montpellier et je suis enseignante en droit.

JULIEN LEPERS : Voilà. Jean-Michel, bonsoir !

JEAN-MICHEL : Bonsoir, j'ai 38 ans je suis ingénieur aéronautique.

JULIEN LEPERS : Oui.

JEAN-MICHEL : Et je voulais saluer mon fils qui vient d'avoir quatre ans et ma fille qui a eu un an en août.

JULIEN LEPERS : Voilà. Où habitez-vous, Jean-Michel ?

JEAN-MICHEL : J'habite à Ville-d'Avray dans le 92.

JULIEN LEPERS : Ah oui. Non mais bien sûr ! Bonsoir Renée-Thérèse !

RENÉE-THÉRÈSE : Bonsoir Julien…

JULIEN LEPERS : Ah ! Je suis heureux de vous revoir !

RENÉE-THÉRÈSE : Merci… Moi aussi…

JULIEN LEPERS : Renée-Thérèse une ancienne bibliothécaire ?

RENÉE-THÉRÈSE : Tout à fait.

JULIEN LEPERS : Habitant du côté d'Avignon ! Mais où ça exactement Avignon ?

RENÉE-THÉRÈSE : Caumont-sur-Durance.

JULIEN LEPERS : Où est-ce que c'est ça ? C'est Cavaillon ?

RENÉE-THÉRÈSE : Cavaillon, euh…

JULIEN LEPERS : C'est dans le… le Luberon ?

RENÉE-THÉRÈSE : Les portes du Luberon, voilà.

JULIEN LEPERS : Le Luberon… pas loin il y a le Ventoux ?

RENÉE-THÉRÈSE : Le Ventoux !

JULIEN LEPERS : Il faut l'escalader le Ventoux, hein ?

RENÉE-THÉRÈSE : Oui mais ça moi, je le fais en voiture.

JULIEN LEPERS : Ah oui ! Oui oui c'est mieux !

RENÉE-THÉRÈSE : C'est mieux, c'est moins fatigant…

JULIEN LEPERS : Saint-Rémy, Saint-Rémy-de-Provence !

RENÉE-THÉRÈSE : Saint-Rémy dans les Alpilles…

JULIEN LEPERS : Moi je dirais Eygalières !

RENÉE-THÉRÈSE : Eygalières !

JULIEN LEPERS : C'est beau ça, hein ?

RENÉE-THÉRÈSE : Très beau.

JULIEN LEPERS : Ah, le coin est magnifique ! Renée-Thérèse, merci d'être avec nous. Et Olivier !

OLIVIER : Bonsoir Julien !

JULIEN LEPERS : Salut Olivier ! Alors doctorant en lettres. Et puis surtout trois belles victoires cette année. C'était quand ? En quel mois je ne me souviens plus ?

OLIVIER : C'était en mai.

JULIEN LEPERS : En mai. Trois victoires, et là, il faut dire la vérité… Quatrième participation là, hop !

OLIVIER : On perd au Quatre à la suite !

JULIEN LEPERS : Où habitez-vous ?

OLIVIER : Paris !

JULIEN LEPERS : Paris. Alors 50 000 euros pour la cagnotte. Le dimanche, 50 000 euros. Il faut cinq dimanches victorieux pour décrocher le jackpot. 50 000 euros. 50 000 euros. Michel, vous avez fait très fort dimanche dernier. D'abord, bonsoir Michel, et bienvenue chez nous !

MICHEL : Bonsoir Julien ! Bonsoir à tous les candidats… Candidates et candidats.

JULIEN LEPERS : Vous avez dû passer une bonne semaine quand même ! Parce que belle victoire dimanche dernier, hein ?

MICHEL : Oui, là ça allait, oui…

JULIEN LEPERS : Une victoire, vous battez Guy. 24 à combien d'ailleurs ? 24 à 11, je crois que c'est ça ? 24 à 11 à peu près ?

MICHEL : 14 ! À 14 !

JULIEN LEPERS : 14, peut-être… Michel, comment abordez-vous cette émission et ce jeu ce soir ?

MICHEL : Eh bien, j'ai toujours de l'angoisse avec le Neuf points gagnants à cause de la vitesse. Et là, j'en suis débarrassé. Donc, il reste le Face-à-face.

JULIEN LEPERS : Ah c'est vrai ! Eh oui !

MICHEL : Donc je suis plus à l'aise.

JULIEN LEPERS : Parce que les Quatre à la suite il n'y en a plus.

MICHEL : Voilà. Non plus.

JULIEN LEPERS : Non plus. Oui. Donc vous êtes uniquement dans le Face-à-face. Le Face-à-face final.

MICHEL : Dans le Face-à-face.

JULIEN LEPERS : Alors à tout à l'heure, Michel. On vous retrouve tout au long du match. *(Julien Lepers s'adresse aux téléspectateurs.)* La question, elle est uniquement pour vous celle-là. Et elle peut vous faire gagner 1 500 euros. Comment appelle-t-on la pratique consistant à percer une partie du corps pour y mettre un bijou ? *N'importe quelle partie du corps.*

Le piercing, réponse un. Le tatouage, réponse deux. 32 43. SMS 7 10 20. Bonne chance. 32 43. 1 500 euros à gagner. Allez, première manche. Le Neuf points gagnants !

6

Un atlante, c'est bon !

Après la première question sur la mésange, je n'ai rien lâché.

J'avais fait un bon départ, une bonne entame de match. Je me sentais bien dans ma chemise rouge. Quand je repensais aux conseils de Marie-Victoire, avec sa chemise verte… Une chemise verte, c'était de la folie ! On est si bien dans la vie quand on joue à *Questions pour un champion* en chemise rouge.

On se faisait des petites blagues entre candidats dans les loges, mais une fois qu'on a commencé la partie, il n'y avait de place que pour la compétition. J'étais concentré. J'ai enchaîné facilement :

– Donnez-moi cet arbre, devant son nom à la fille du tsar Paul Ier…

Quand j'ai entendu Paul Ier, mon sang n'a fait qu'un tour. J'ai dit :

– Le paulownia ?

– Le paulownia ! Oh là là ! Bien sûr. Un arbre qui constitue un bel arbre d'ornement, avec ses fleurs bleu violacé et ses grandes feuilles. Le paulownia !

S'ils croyaient m'avoir avec des questions de botanique.

– Quelle est cette sculpture masculine, soutenant un entablement...

J'ai fracassé le buzzer comme Michael Jordan un soir de fête avec des amis.

– Un atlante ?

– Oui c'est un atlante ! Oui monsieur !

Julien commençait à me regarder d'un air fripon. Et il me donnait du « monsieur » en veux-tu en voilà. J'ai senti une complicité grandissante entre nous.

– Sculpture masculine soutenant un entablement, à la manière d'Atlas portant le ciel sur ses épaules... Un atlante, c'est bon !

À côté de moi, Renée-Thérèse et Jean-Michel commençaient à s'agacer un peu car j'avais appuyé très vite sur le paulownia et sur l'atlante sans leur laisser le temps de réagir. C'est vrai que ça marchait bien pour moi. Heureusement, à QPUC, les bonnes réponses quand elles arrivent, elles viennent toutes d'un coup, comme la mayonnaise.

Jean-Michel, l'ingénieur aéronautique, avait des petits mouvements de tête de morse qui s'ébroue. Renée-Thérèse, toutes griffes dehors, comme un chat sauvage, a rebondi sur la question suivante :

– Quelle est cette sainte, Renée-Thérèse ? Une sainte ! Quelle sainte les femmes... Oui ?

Renée-Thérèse a joint ses mains devant elle, comme si on était à la messe et qu'elle s'apprêtait à avaler l'hostie.

– Sainte Catherine ?

– Ah oui... !

Julien s'est tourné vers le public et tout le monde a applaudi. Renée-Thérèse était venue avec une centaine de personnes qui faisaient partie de sa chorale de retraités, du côté d'Avignon. À chaque bonne réponse de Renée-Thérèse, toute la chorale applaudissait.

Cela donnait à l'ensemble du tableau un petit côté « Y a du soleil et des nanas darladirladada » qui n'avait pas l'air de déplaire à Julien Lepers.

– Sainte Catherine, bravo ! Quelle sainte les femmes modistes célibataires de vingt-cinq ans honorent-elles le 25 novembre ? En se coiffant de chapeaux jaune et vert extravagants ? C'est sainte Catherine ! D'accord…

Renée savait que l'émission serait diffusée à la date précise du 25 novembre : date de la fête de sainte Catherine. Pas bête, la belette.

Elle avait potassé tout ce qui concernait le 25 novembre. Je l'ai félicitée avec un air entendu. J'avais percé son petit manège à jour.

Puis Julien a enchaîné avec une question musique.

– Dans quelle composition musicale polyphonique toutes les voix exécutent-elles la même mélodie en débutant… Oui, Renée ?

– Un canon ?

– Ah oui, un canon !

À nouveau les choristes provençaux ont applaudi à tout rompre. Sainte Catherine. Le canon. Renée-Thérèse avait l'air affûtée, et d'avoir pas mal de sang-froid. Elle s'est tournée vers moi et m'a fait un sourire à la fois conquérant et jovial qui la faisait ressembler à un gros potiron.

– En débutant la même mélodie à des temps différents, c'est le canon !

Mamie Potiron était redoutable. Jean-Michel se faisait devancer à chaque question et fulminait.

Julien l'a un peu encouragé :

– Jean-Michel, allons-y ! Un nageur. Quel nageur australien…

– Ian Thorpe, a marmonné Jean-Michel.

– Ian Thorpe, d'accord ! Quintuple champion olympique entre 2000 et 2004. Surnommé « La Torpille » ! Ian Thorpe…

Les scores se resserraient. J'ai décidé de passer à la vitesse supérieure. Je n'étais pas venu pour faire de la figuration. Il fallait que je prenne des risques, que je frappe un grand coup.

– En 1877, quel appareil reproduisant les sons est mis au point par…

J'ai tenté une réponse à l'aveugle, telle une taupe creusant désespérément une galerie vers le jardin de Samuel Beckett sans savoir dans quelle direction creuser :

– Euh, le phonographe… ?

– Bien joué ! Le phonographe. Olé !

Et Julien a commencé, à partir de ce moment-là, à faire des petits olé. Il ne s'arrêtait plus. Dès que je répondais, il claquait dans ses doigts et faisait : « Olé ».

– Le phonographe, Thomas Edison ! Le phonographe ! De quelle communauté autonome d'Espagne la ville de Barcelone… Barcelone ! Oui ?

– La Catalogne, ai-je répondu avec un calme olympien.

– Olééééé !

C'était apparemment la vision que Julien Lepers se faisait de la Catalogne et de l'Espagne en général. Je n'étais pas assez sûr de moi pour le contredire.

L'Espagne est le pays de ma mère. Mais je n'ai appris l'espagnol que très tard, à vingt ans, quand j'ai décidé d'aller vivre à Madrid, pour connaître mes origines et préparer une agrégation d'espagnol.

Quand j'étais enfant, ma mère Marinieves se considérait comme parfaitement française et intégrée. Sauf que ça ne dupait personne, je n'avais pas la culture française qu'il fallait pour m'intégrer, et mes seuls amis étaient Nuno Da Silva, *le* portugais du village et Rachid Slimani, *le* rebeu du village. Il y avait aussi Markus, un garçon qu'on appelait l'Allemand parce qu'il était très blond. On avait notre bande de villageois cosmopolites et on partait jouer au foot tous les soirs sur le terrain de la rue des Bruyères, en bordure de la décharge et de la forêt.

Mes grands-parents maternels étaient ouvriers et habitaient une tour de quatorze étages à Pantin. Ma grand-mère faisait des ménages puis a travaillé comme cuisinière dans une crèche. Mon grand-père était sidérurgiste. Ils habitaient au dernier étage dans une HLM. On allait les voir tous les dimanches et quand on prenait la voiture, le périphérique avec les murs antibruit m'impressionnait beaucoup. Ma grand-mère Josefa parlait en espagnol avec mon grand-père, elle jurait en espagnol aussi : «*Me cago en tu madre!*», «*La madre que le parió!*», «*Y el padre que le trajo!*». J'adorais ces insultes soudaines qui sonnaient comme des formules magiques, des imprécations de vieux grimoires. Je les répétais sans les comprendre, en langue yaourt.

D'ailleurs, ma mère parle français sans accent, mais elle a gardé des traces de sa langue maternelle, elle n'a jamais été capable de prononcer des mots comme « crocodile » qu'elle prononçait « cocodrile ». J'ai longtemps cru que cet animal s'appelait le « cocodrile », ou le « cocrodile », ou le « crocrodile » parce que ma mère n'arrivait pas à dire crocodile, à cause de l'espagnol qui est *cocodrilo*. Cocodrile, dans ma tête je visualisais coco Drill. Je prononçais coco Drill. Coco comme les haricots, et Drill comme le médicament. Un haricot qu'on suce quand on a mal à la gorge.

Mais l'espagnol restait quelque chose qui était réservé à mes grands-parents. Jamais ma mère ne m'a parlé en espagnol. Elle a renoncé à ses origines et pour mon grand frère et moi, ça a toujours été quelque chose comme un trou de douleur caché à l'intérieur de nous.

À l'école, je me souviens que je trouvais ça flou quand les professeurs parlaient des « immigrés » et des « flux migratoires ». Et je n'ai jamais fait la différence entre des catégories qui faisaient l'objet d'explications très sérieuses dans les manuels scolaires, « l'émigration » et « l'immigration ». Chaque concept avait droit à une page différente, bien séparés, d'un côté il y avait le principe de l'émigration et de l'autre l'immigration. Je ne parvenais pas à comprendre la différence. C'était les mêmes gens, non ? Au final ?

La prof d'histoire-géo en première, Mme François, m'a expliqué un jour avec consternation :
– Déjà, on ne dit pas « au final », mais « en fin de compte ». Mais si, émigrés, c'est du point de vue de ceux qui partent ! Et immigrés, c'est du point de vue de ceux qui arrivent. C'est incroyable que tu ne comprennes pas ça, toi qui as des facilités.

Moi qui avais des facilités, je ne comprenais pas la différence dans ma tête, mais je ne voulais pas faire de peine à Mme François, alors j'ai fait semblant d'acquiescer.

Mais la question a continué à me turlupiner : il s'agissait des mêmes personnes, non ? Alors pourquoi il y avait deux mots différents pour la même personne – est-ce que ça voulait dire qu'une personne pouvait changer de nom en changeant de pays ?! Et quel mot je devais adopter, moi, pour ma mère et ma grand-mère ? Elles étaient du côté de celles qui partent ou du côté de celles qui arrivent ? C'était la même chose, non ?

Un jour, je suis revenu à la charge et Mme François s'est agacée.

– Mais non, m'expliquait Mme François. Et elle a ajouté : « Il faut que tu te mettes du bon point de vue. »

Le bon point de vue. Je voulais bien adopter le bon point de vue, mais rien à faire, je ne comprenais pas la différence entre émigré et immigré, c'était les mêmes personnes. J'avais une imagination bornée ou très romantique, comme on veut, et pour moi il y avait surtout des exilés, quel que soit le pays où l'on se place. Des gens loin de leur pays, quoi.

Comme Lucky Luke, quand il chante : *I'm a poor lonesome cowboy and a long long way from home...* Voilà, en matière d'identité ethnique, je m'identifiais à Lucky Luke.

Ma grand-mère, elle était immigrée, j'ai fini par comprendre, puisqu'elle était arrivée en France mais qu'elle venait d'ailleurs. J'étais d'une famille d'immigrés, c'est ça ? C'est donc ça qu'il fallait comprendre, du « bon point de vue » ?

Ce qui clochait, c'était que ma grand-mère ne disait jamais immigrée, mais toujours émigrée.

Même qu'elle chantait une chanson qui disait :
Je suis une pauvre émigrante
Quand je suis partie de mon pays
Avec le drapeau à la main...

C'était à n'y rien comprendre. Ou bien Mme François disait n'importe quoi, ou bien c'était ma grand-mère Josefa qui n'était pas douée en histoire-géo. Ma grand-mère Josefa, ça faisait quarante ans qu'elle travaillait en France, elle s'entendait bien avec tout le monde et elle serait restée du « mauvais point de vue », ça alors ! À cet instant, j'ai commencé à ne plus faire confiance à Mme François et mes résultats ont dégringolé en histoire-géo.

Au moins, grâce à Mme François, je découvrais une des caractéristiques de la France, il y a toujours un bon point de vue et un mauvais... Il faut croire que j'ai grandi du mauvais point de vue, donc ; celui de ma grand-mère Josefa, de son amour méditerranéen et absolu comme l'Espagne, de sa générosité, de son sourire, de son inépuisable mauvaise foi, de sa tendresse âpre, de sa malice, de sa gouaille et de son franc-parler, de sa faculté à raconter la même histoire trente-six fois avec la même énergie, de ses couscous qui auraient pu nourrir des régiments entiers, de sa langue unique, un mélange de français et d'espagnol qui était comme un autre couscous, un couscous de langues…

Toutes ces interrogations n'avaient rien à voir avec mon sentiment d'appartenance à la France. Je me sentais pleinement français. Mais j'étais un Français qui n'était pas du bon point de vue.

C'est peut-être encore aujourd'hui un problème, en France, cette obligation de se ranger en permanence du bon point de vue, édicté par des élites totalement à côté de la plaque, sans transiger. Est-ce qu'il ne faudrait pas plutôt demander à toutes les Mme François du monde de faire comprendre aux jeunes que, dans la vie, il y a toujours plusieurs points de vue, en matière de politique, d'amour ou de religion… Et que pour la plupart des enfants de l'immigration, de l'émigration ou de ce qu'on veut, il n'est pas si évident que ça, le « bon point de vue » ?

Le public continuait à crier « Olé » avec Julien Lepers et à faire des castagnettes avec les doigts.

– Oléééé !

Tout se passait comme sur des roulettes. Caroline n'était pas dans son assiette, elle était très blanche.

Jean-Michel et Renée-Thérèse s'accrochaient.

– Dans quel roman de Bernanos, Georges Bernanos, un prêtre… Un prêtre, oui ?

J'ai tenté : *Sous le soleil de Satan*. Ce n'était pas *Sous le soleil de Satan*.

– Non ! Un prêtre affirme-t-il : « L'Enfer, Madame, l'Enfer... »

Renée-Thérèse a appuyé avec les mains jointes.

– *Le Journal d'un curé de campagne* ?

– Bien sûr !

Julien s'est enflammé sans prévenir. Il a regardé Renée-Thérèse dans les yeux et lui a dit, comme s'il était à l'article de la mort à cause d'un chagrin amoureux :

– L'Enfer, Madame, c'est de ne plus aimer.

Il a marqué un temps et il a ajouté :

– Il est là, l'Enfer.

C'est à partir de la question suivante que j'ai senti que j'avais le vent en poupe, avec la question sur le radeau.

– Quel radeau... Nous sommes en 47. Quel nom portait le radeau, ce radeau qui...

J'ai souri. Je venais de réviser l'histoire de ce radeau la veille sur Wikipédia. J'ai articulé correctement, en faisant attention à ne pas trébucher sur les syllabes :

– Le *Kon-Tiki*.

– Ah oui, le *Kon-Tiki*. Oléééé !

7

Fils du Soleil

Julien continuait à faire des petits « Olé » à chaque bonne réponse que je donnais. Jean-Michel était furieux car il répondait toujours quelques centièmes de seconde après moi. À ma gauche, Renée-Thérèse attendait patiemment son heure en songeant à Avignon, aux confitures et au soleil provençal. Caroline, la jeune professeur de droit à l'université de Perpignan, n'avait toujours pas marqué le moindre point et faisait des grands moulinets avec les bras. Maintenant toute rouge, elle perdait totalement les pédales.

– Olééééé ! Le but de cette expédition sur le *Kon-Tiki* était de démontrer l'origine amérindienne des populations océaniennes. Le *Kon-Tiki* ! C'est bon Olivier !

La réponse sur le *Kon-Tiki* m'a ragaillardi. Je connaissais bien l'histoire de Thor Heyerdahl. Thor Heyerdahl, comme son nom l'indique, était norvégien, et en 1947 il a voulu traverser le Pacifique en dérivant sur un radeau, le *Kon-Tiki*. Il se prenait pour le Fils du Soleil. Il croyait à l'impossible. Ça a commencé comme ça, il était anthropologue et il bourlinguait dans des coins perdus ; un jour, dans une île du Pacifique, il y a un homme qui lui a raconté une légende. La légende de Tiki, un chef qui serait le fils du dieu Soleil, l'ancêtre de tous les hommes en Polynésie.

Alors Thor (qui avait un joli prénom) a cherché pendant des mois la piste de cette légende, et puis il a trouvé. Il a retrouvé la trace de Kon-Tiki. Kon-Tiki était le dieu du Soleil chez les Incas du Pérou. Les Incas racontaient qu'il habitait vers le lac Titicaca et qu'il avait pris la mer il y a très longtemps avec ses gosses et sa femme. La légende concordait étrangement avec les dires du vieil homme dans le Pacifique. Kon-Tiki aurait pris la mer et il était parti vers l'ouest, vers l'Océanie donc… ? Thor Heyerdahl (qui n'était pas norvégien pour rien) a commencé à en parler autour de lui avec une furieuse envie d'en découdre. On lisait dans tous les livres que la Polynésie avait été peuplée en passant par l'Asie du Sud-Est. Ce truc avec les Incas pourrait remettre en cause toute la vérité officielle sur le peuplement de l'humanité ! Et Thor a pensé (à quelque chose près) : « Eh, les gars. C'est peut-être lui ! C'est peut-être les Incas qui ont peuplé la Polynésie ! »

Tout le monde s'est foutu de la gueule de Thor. Les Incas, disaient les scientifiques, n'avaient pas de bateaux. Oui, a répondu Thor, mais ils ont des arbres. Ils ont pu faire un radeau. Kon-Tiki le dieu du Soleil a pu traverser l'océan sur un radeau. Traverser l'océan sur un bout de bois ! Tout le monde se moquait de Thor Heyerdahl. Pour un esprit scientifique, ses hypothèses n'étaient pas plausibles.

Alors Thor Heyerdahl a décidé d'essayer lui-même. Nom de nom d'un Norvégien, a-t-il pensé, je vais traverser le Pacifique en radeau. Je vais bâtir un radeau et je me baignerai dans le poème de la mer. Je vais voyager comme Kon-Tiki, le dieu inca du Soleil, il y a des milliers d'années. Et ils verront de quel bois se chauffe Thor. Scrogneugneu ! s'est dit Thor. Je vais te le traverser ce putain d'océan.

Comme dans un roman de la bibliothèque verte, Thor Heyerdahl a formé son « Club des 5 ». Il a convaincu des amis de longue date de partir avec lui. Il y avait Erik, Bengt, Knut, Torstein et Herman. Et puis Lorita, un perroquet. Ils ont aussi pris une guitare pour les longues soirées karaoké sur l'océan.

Début de l'année 1947, on sait de source sûre que Thor Heyerdahl et ses amis sont au Pérou et cherchent du balsa, du bois léger pour faire des radeaux. Ils n'en trouvent nulle part, alors ils se rendent en Équateur, font des milliers de kilomètres dans la jungle pendant la saison des pluies. Ils coupent des troncs, prélèvent des feuilles de bananier, choisissent des lianes telles que les Incas auraient pu en utiliser. Ils descendent la rivière en barque, reviennent au Pérou, trouvent un spot, dans un entrepôt abandonné du chantier naval, dans le port de Callao.

Pendant ce temps-là, le monde scientifique, au lendemain de la Seconde Guerre mondiale, avait autre chose en tête que d'accréditer ce genre de fadaises ; Thor et son équipe n'ont pas eu un centime pour financer l'expédition, mais ils y croyaient ; bientôt le radeau fut construit avec des troncs et des cordes. Les experts du monde entier sont restés sceptiques. Au point que l'ambassadeur norvégien leur a offert une bible pour leur dernier voyage. Et le ministre de la Marine les a avertis : « Si vous vous renversez, ce n'est pas ma faute. »

Thor croyait à l'impossible et se prenait pour le Fils du Soleil, alors Thor et ses amis ont baptisé le radeau avec du lait de coco et ils sont partis dans la direction du soleil. Vers là où le soleil se couche. Dans Wikipédia, on peut lire qu'ils ont quitté les côtes péruviennes de l'Amérique du Sud et cinglé vers la Polynésie. Erik avait peint le dieu du Soleil sur la voile. Knut était opérateur radio. Et Bengt, ce con de Bengt, passait son temps à bouquiner, il avait peur de s'ennuyer alors il avait pris des livres. Au début de la traversée, Thor a eu peur parce que le bois s'imbibait d'eau et qu'ils commençaient à s'enfoncer dangereusement. Heureusement au bout de quelques jours ça s'est arrangé. Grâce à une petite perche en bois de manguier, ils ont ramé dans la bonne direction. Ils n'avaient pas emporté de provisions, ils faisaient bombance de tout ce qui s'échouait sur le radeau. Beaucoup de poissons volants. Ça vous nourrit son Norvégien, les poissons volants. Tout s'est passé sans encombre, hormis la rencontre avec une immense baleine qui leur chanta une berceuse, l'escorte douce et éphémère d'une bande de requins, deux grosses tempêtes qui menacèrent le radeau, et la mort tragique de Lorita, le perroquet emporté par un geste maladroit de l'équipage durant une manœuvre.

Thor, Erik, Bengt, Knut, Torstein et Herman sont arrivés un peu plus de cent jours plus tard sur un atoll des Tuamotu, en Polynésie française. Leur hypothèse du peuplement de la Polynésie par des gens venant d'Amérique du Sud est validée. Huit mille kilomètres sur un radeau confectionné avec du bois pourri et des lianes. Ils ont survécu en jouant de la guitare et en bouffant des poissons volants. Thor Heyerdahl a même filmé la traversée, et il a réalisé un documentaire qui nous permet de savoir tout ça.

J'aime bien l'histoire de Thor Heyerdahl parce qu'on pourrait croire que c'est un film hollywoodien ; mais non, c'est une histoire qui s'est passée dans la vraie vie, et la vraie vie est toujours plus romanesque que les films. Et puis c'est une aventure qui nous dit qu'il faut toujours croire en ses rêves, même quand on a Julien Lepers en face de soi et qu'il s'agit de détrôner Michel à *Questions pour un super champion*.

En tout cas ça m'a solidement installé dans le match. S'il n'y avait que des questions sur des scientifiques fous comme Thor Heyerdahl, il ne pouvait rien m'arriver.

Après le *Kon-Tiki*, la mer était tranquille. J'étais confortablement installé à l'avant de la première manche. Je contrôlais le navire. Cap sur la seconde manche.

Parfois j'étais un peu lent à réagir, surpris par les sautes de vent de Julien.

– Donnez-moi cet imitateur. Que j'ai eu la chance…

Et Julien a paru très ému.

Il a bafouillé : « Un imitateur. Je je je n'aime pas parler de moi... J'ai toujours des des des scrupules. Mais je l'ai bien connu... »

Caroline a battu des bras comme un papillon. Elle a tenté :

– Laurent Gerra ?

Julien Lepers a tristement hoché la tête. « C'est non. »

– En 85...

– Thierry Le Luron, a dit Jean-Michel, pris d'une illumination.

– Thierry Le Luron ! C'est oui !

Il y a eu un tonnerre d'applaudissements.

– Quel talent, a conclu Julien. Quel talent et quel garçon ! Quel ami !

Je ne savais pas s'il parlait de Thierry Le Luron ou de Jean-Michel l'ingénieur aéronautique. Je crois qu'il parlait de Thierry Le Luron.

Julien Lepers semblait très triste. Il a poursuivi :

– 1985. Imitateur né à Paris, qui défraie la chronique en célébrant un faux mariage avec Coluche, pour le meilleur...

– Et pour le rire, ont conclu Jean-Michel et Renée-Thérèse en chœur.

J'étais déjà concentré sur la question suivante mais Julien ne s'arrêtait plus.

– Thierry Le Luron...

C'est là que Caroline a décollé. Ça l'a totalement relancée dans le match. Julien s'est repris, il est reparti comme en 40 :

– Quel mot dérivé du grec désigne l'accélération normale ou pathologique du cœur ?

Caroline s'est ruée sur le buzzer. Elle a appuyé comme une prêtresse en chaleur. Comme si sa vie en dépendait.

– Le cœur ! Là-bas, Caroline ?

– Tachycardie !, a hurlé Caroline, sur le point de suffoquer ou de s'écrouler en sanglots.

– C'est oui !

Nouveau tonnerre d'applaudissements dans l'assistance. Julien a enchaîné à toute vitesse.

– Comment appelle-t-on un mot nouveau créé par un auteur. Olivier ?

J'ai été rapide et j'ai tenté : « Un néologisme. » Julien a encore fait « Olééééé » et il a même esquissé un petit pas de danse flamenco.

Un néologisme.

J'étais à 8 points. À un petit point de la qualification pour le Quatre à la suite.

– Un mot nouveau créé par un auteur à des fins expressives. Un néologisme, d'accord ! Comment appelle-t-on le mode de conclusion de marchés… ?

Là, ça a sérieusement commencé à dégénérer, Jean-Michel n'avait pas l'intention de se laisser éternellement distancer.

– Vous savez… les marchés publics, mettant publiquement les candidats en concurrence… Oui ?

Tout le monde s'est étranglé en appuyant sur le buzzer. J'ai eu la main en premier. J'ai tenté : « Une vente aux enchères. » Ce n'était pas une vente aux enchères.

– C'est non, m'a sèchement réprimandé Julien. Là-bas ! C'est non ! Allez-y ! Quelqu'un ! Vous l'avez ! Renée ! Jean-Michel ! Caroline !

Personne n'avait la réponse.

Julien s'est tourné vers le Super Champion Michel qui est apparu à l'écran derrière les candidats. Michel a tripoté sa barbichette et il a sorti : « Le gré à gré, peut-être ? »

Julien, ce genre de réponses approximatives de la part d'un Super Champion, il déteste. Mais là, ça l'a énervé plus que de coutume.

– Non ! Non ! Non ! Non, là vous l'avez Michel !
– L'adjudication ?! L'adjudication ?
– Non ! Non ! C'est un mode de conclusion de marchés publics qui met publiquement les candidats en concurrence !

Michel le Super Champion séchait. On ne pouvait plus faire confiance à personne.

Heureusement, Jean-Michel l'ingénieur aéronautique est sorti de son mutisme et a trouvé, mais trop tard : c'était un appel d'offres.

Julien avait le moral dans les chaussettes :

– Qui met publiquement les candidats en concurrence, c'est un appel d'offres ! Voilà… À quel artiste allemand doit-on de nombreuses œuvres sur la Première Guerre mondiale dont *La Tranchée* ?

J'ai pris mon courage à deux mains. Je n'étais pas tout à fait sûr de mon coup, mais c'était le moment ou jamais. Cette réponse pouvait me qualifier pour la suite. De toute façon, pour les Neuf points gagnants, la seule bonne tactique est d'appuyer un tout petit peu avant d'avoir la réponse, afin d'avoir la main, et de prendre des risques.

Il faut faire confiance à son intuition.

– Oui, Olivier ? Oui ?

– Otto Dix ?

J'ai vu le regard de Julien Lepers et j'ai su que c'était bon. Julien a rugi comme un lion affamé par des années de quinoa.

– Oooooooooooooooh terminé ! Oui, c'est Otto Dix ! Il fallait le trouver !

Julien Lepers commençait à me regarder avec admiration. J'étais qualifié pour la seconde manche avec une avance considérable sur Renée-Thérèse, Jean-Michel et Caroline. Il a pris à partie les autres candidats :

– Il est bon ce candidat hein, Olivier ?! Redoutable !

Otto Dix. *La Tranchée*, 1923.

J'étais redoutable.

8

La tranchée

Moi, Otto Dix et la guerre des tranchées, je connaissais ça plutôt bien. J'aime les représentations de la guerre, les récits de guerre, les films sur la guerre. C'est là que l'humanité révèle sa vraie nature. Mes tranchées à moi, mon enfer à moi, je les ai connus plus jeune. Je trouve ça normal pour un artiste d'être inspiré par la guerre. Il y a quelque chose à voir avec la vérité, dans ce face-à-face avec notre propre violence.

Anton Tchekhov a écrit, après être rentré du bagne de Sakhaline en 1889 : « Mon œuvre entière est imprégnée du voyage à Sakhaline. Qui est allé en enfer voit les hommes d'un autre regard. » Mon bagne à moi, c'est le collège républicain d'un petit village de province. À ceci près qu'Anton Tchekhov est un écrivain de génie, j'ai fait la même expérience : le déclenchement de l'écriture est lié à la sensation intime de l'horreur.

À l'école aucun espace protégé n'existe. C'est la jungle pure. Tout est danger pour l'enfant. J'ai vécu ces années comme une bête traquée et j'aurais pu déchiqueter les autres avec les dents. La pionne que je cherchais désespérément du regard et qui me disait en ricanant : « Tu veux ma photo ? » J'aurais pu la déchiqueter avec les dents. La prof de maths qui m'accusait de ne pas suivre son cours (alors que j'aurais pu répéter au mot près la moindre de ses blagues minables), et qui se moquait de moi devant toute la classe pour se venger, même si j'avais 20/20. J'avais envie de lui déchiqueter sa grosse verrue sur le menton. Je regardais par la fenêtre des bâtiments en préfabriqué, en suivant des yeux la partie de foot mélancolique sous les arbres, le ballet léger du ballon, synonyme pour moi de liberté inaccessible. La CPE qui me gardait dans son bureau au moins trois fois par semaine, chaque fois que j'étais renvoyé de cours. J'avais envie de la déchiqueter avec les dents. Je me souviens de certaines choses. Pas de tout bien sûr, on oublie heureusement. Je me souviens parfaitement des « grands » de troisième qui me bizutaient gentiment en mettant leurs mains dans leur slip, en me tenant les bras dans le dos et en me forçant à renifler l'odeur de leur sexe. Je me souviens des remarques sur mon regard fuyant, ma timidité maladive et sur mes « binocles », si bien que j'ai tout fait pour avoir des lentilles de contact dès douze ans, ce qui n'a rien arrangé – et me donnait l'air encore plus halluciné qu'avant. Je ressemblais à Woody Allen et en plus j'avais des grosses dents de lapin proéminentes. Je me souviens d'un bâton qu'un jour Benoît D., Thomas S. et Victor A. ont promis de m'enfoncer dans le cul, en me ceinturant dans un recoin caché de la cour, et de cette tentative de viol évitée par miracle parce qu'enfin retentissait avec fracas la sonnerie de la fin de la récréation. Je me souviens de vingt-sept points de suture sur le crâne et de mon visage en sang dans les toilettes après un « incident » avec un bout de bois qu'on m'avait jeté par-derrière. La joie, le vert paradis, la douceur de l'enfance, ça, désolé, on repassera, je n'ai pas connu. Cela restera à jamais pour moi incompréhensible, cette violence. Ça marque au fer rouge. S'il n'y avait que les brimades, les blagues sur Forrest Gump et les insultes. On pourrait essayer d'oublier. Mais la façon dont les autres vous font comprendre votre différence, ça s'inscrit aussi dans le corps. J'ai dans mes tripes la mémoire de la différence qu'on m'a apprise, qu'on a tatouée dans ma chair. Mes oreilles trop grandes, objet de risée et qui subissaient tellement de pichenettes et de coups qui défonçaient leur cartilage, qu'elles saignaient à la fin de la journée, et que je devais coller ma tête chaque soir contre la vitre du bus scolaire pour apaiser la brûlure et leur faire sentir le froid… Je n'oublierai jamais la sensation de douleur dans mes oreilles, pas uniquement sur le lobe mais à l'intérieur, une douleur sourde et perçante à l'intérieur, chaque fois plus insupportable. Elle est si insignifiante et si forte que je la ressens encore aujourd'hui. C'est mon moteur dans la vie. C'est ce qui m'a permis de m'en sortir. Ce qui ne tue pas rend plus fort… à condition que par miracle on en réchappe et qu'on ne meure pas avant de désespoir ou de résignation. Ce qui nécessite une certaine force intérieure. Et un bon coup de main de la chance.

Je me souviens que je me réfugiais aux toilettes du premier étage, c'était le seul endroit où j'étais en sécurité ; je m'y enfermais dans le noir, sauf que l'on n'avait pas le droit d'y être entre midi et deux, et les heures de colle pleuvaient de façon abracadabrantesque…

Je m'enfuyais dès que je le pouvais de cette prison à ciel ouvert, en passant comme ma chienne Tina sous le grillage de la cour, ou en traversant le jardin de la proviseure… J'ai collectionné ainsi plus de trois cents heures de colle en classe de quatrième, tout en ayant une moyenne générale qui devait approcher les 19/20. Ma vie était un enfer. Mes parents ne comprenaient pas. J'étais en retenue parfois le samedi matin. Le corps des professeurs me détestait uniformément parce que je n'étais pas le « bon élève » que j'aurais dû être, à l'exception de Mme Henry, prof d'anglais qui m'a sauvé de la noyade un jour en me disant : « Tu sais, tu n'es pas obligé d'être dans le moule. » C'est la seule parole intelligente que j'aie entendue dans toute ma scolarité et je suis éternellement reconnaissant à cette femme discrète avec qui par ailleurs je n'ai eu aucun contact plus poussé. C'est à la sortie d'une interro sur les verbes irréguliers, elle m'a pris à part et m'a confié ces mots mystérieux, avant de continuer sa route. J'ai mis plusieurs années à les comprendre, à en mesurer la portée… En troisième, on m'a fait changer de classe sans succès parce que j'insultais tous les professeurs les uns après les autres. J'étais odieux. Personne ne comprenait mon mal-être. Impossible de l'expliquer. De mettre des mots dessus. La honte, c'est de ne pas réussir à parler.

Après l'école, je m'essayais à boire de l'alcool dans le petit chemin derrière le collège avec la bande des cancres sympas, je regardais des films bizarres et dérangeants que les autres appelaient porno chez les copains, parfois aussi des films d'horreur. Je fumais de l'herbe dans de vieux squats où, de temps en temps, un SDF débarquait et nous chassait à coups de jurons. C'était de bons moments. Et pour la drogue, ça n'a fait qu'empirer ensuite jusqu'au bac. C'était ça ou autre chose. Si on m'avait permis de tuer tout le monde, j'aurais sauté sur l'occasion. C'est l'histoire magnifique de *Elephant*, le film de Gus Van Sant. Je jouais les *Préludes* de Chopin ou la *Sonate au Clair de lune* de Beethoven le soir à la maison sur le piano du salon, je passais le reste du temps devant la console de jeux à chercher des étoiles magiques au fond des océans (merci Super Mario) et, le reste de la journée, j'attendais que ça se termine pour continuer à chercher les étoiles au fond des océans ou à enfourcher de beaux destriers pour sauver des princesses (merci Zelda). Mais il y a un truc qui ne m'a jamais lâché pendant toute cette époque, c'est l'envie de déchiqueter tout le monde avec les dents.

C'est marrant, je parle du corps, mais j'ai l'impression que les mots ont encore plus de pouvoir que les coups, que les mots sont les coups qui ne partent jamais, les plus indélébiles, les plus violents pour le corps, justement. Je pense que le mot que j'ai entendu le plus jusqu'à mes quatorze ans est « gogol ». J'ai dû entendre dix mille fois les gens m'appeler *gogol*. À l'école, et surtout au collège, les enfants différents souffrent le martyre. C'est déjà le pouvoir hideux et haineux de la norme. Aujourd'hui encore, quand j'entends à la radio les « normaux », ceux qui ont le pouvoir de la norme, de dicter la norme, de faire la norme, les politiciens et les financiers, les humoristes pas drôles, les haineux de tous bords, j'ai envie de les déchiqueter avec les dents. Pour leur montrer de quel bois on se chauffe, nous les gogols.

Je ne raconte pas ça pour me faire plaindre, mais pour témoigner de l'abandon absolu de tous les enfants différents par l'Éducation nationale.

Le plus drôle, ou le plus énervant, comme on veut, ce n'est pas tant la difficulté d'être différent, c'est l'absence de toute prise en compte de cette différence à l'école par les adultes. Toutes mes manifestations de rage à cet âge-là contre les professeurs et les adultes du collège, je sais avec le recul que c'étaient simplement des cris désespérés pour être reconnu tel que j'étais. C'est la même chose avec tous les élèves qui n'y arrivent pas, ils voudraient simplement qu'on les laisse s'épanouir et non qu'on les force à se ranger à la même norme idiote.

Je me souviens un jour qu'on nous a distribué en classe des petits fascicules rouges que j'ai conservés. En mode éducation civique. C'étaient des petits livrets : « Apprenez à dire NON. » Les élus politicards de la région qui les avaient créés, nous les avaient distribués à tous. C'est la chose la plus honteuse que j'aie jamais vue de ma vie. Dans le fascicule il y avait un petit bonhomme (représenté par un rond, un trait pour le corps et deux autres traits à angle aigu pour les bras, c'est dire si les politiciens étaient soucieux du réel). Et le petit bonhomme se retrouvait dans toutes sortes de situations. Par exemple, on le voyait entouré de trois autres grands bonshommes (eux aussi avec un rond, plus grand, un trait, plus long, et deux bâtons). Les trois grands bonshommes criaient au petit bonhomme : « Donne-moi ton portefeuille ! » Et le petit bonhomme répondait : « Non. » Le petit bonhomme se faisait violer, il disait : « Non. » Il se faisait agresser, il disait : « Non. » Les mecs de la région ou de je ne sais quoi, les types qui font les directives ministérielles pensaient sérieusement qu'un gosse pouvait rétorquer à trois grosses brutes : « Non, vous êtes méchants » et que ça allait être efficace ? Je devais avoir dix ou douze ans mais je me souviens d'avoir été choqué au plus haut point par ce livre odieux. Comme si on demandait son avis à celui qui est victime de violences ! J'imaginais les situations rocambolesques que devaient peut-être avoir en tête les gens qui décidaient de distribuer aux élèves de semblables conneries : « – Veux-tu que je te violente ? – Non, je ne veux pas que tu sois violent avec moi. » « – Tu es d'accord pour que je te tape dessus et que je t'attache les oreilles au grillage avec du fil barbelé ? (situation vécue réellement) – Non, je ne suis pas d'accord, car la violence, ce n'est pas bien. » Mais qu'est-ce que peuvent bien avoir en tête les crétins qui publient de semblables inepties ! Plutôt que d'aider réellement les élèves, on se contente de leur inculquer ce genre de directives risibles. Le jour même où on m'a donné le dépliant, trois grands de quatrième C m'ont laissé à moitié mort contre un mur. Je ne sais plus si j'ai eu le temps de dire « Non », de leur expliquer que la violence, ce n'était pas bien ; ils m'ont plaqué contre le mur et m'ont bourré de coups de pieds quand j'ai essayé de me débattre. Heureusement, j'ai vite compris que dans la réalité, face à quelqu'un qui me traitait de Forrest Gump, il valait mieux dire « Oui » et n'en penser pas moins. Et plutôt trouver un moyen d'esquiver, de contourner. Que le collège était une jungle où il fallait apprendre à survivre par soi-même, et sûrement pas en comptant sur l'appui des surveillants, qui vous envoyaient en colle avec les pires brutes du collège et où l'horreur recommençait. Non, dire non c'était bien joli dans les livres, mais il valait mieux se taire et s'enfuir. « Apprenez à dire NON », quelle prétention ! Comme s'il suffisait de le dire, alors que personne dans l'établissement n'avait quelque chose à faire des enfants différents et que mes seuls amis, comme par hasard, étaient le portugais et le rebeu du village. Et on voyait sur le dépliant, pendant vingt pages, le petit bonhomme qui faisait la morale aux grands bonshommes. J'ai gardé ce dépliant. Je vous invite à venir boire un coup à la maison si vous n'êtes pas convaincus. Et si j'en profite pour vous kidnapper et vous prendre en otage dans ma penderie, vous me direz : « Non ? » Je vous apprendrai.

Après Otto Dix, j'étais qualifié pour la seconde manche. J'étais sur un côté du plateau, peinard. Il y avait les autres candidats qui continuaient à s'écharper. Il ne restait plus que deux places. Renée-Thérèse tenait la corde. Tout ça risquait de se jouer entre Caroline la professeur de droit et Jean-Michel aux doigts de rose.

– Quelle unité de pression, pour deux points... Caroline ?

– Le bar ?

– Non, de symbole Pa, équivaut... Jean-Michel ?

– Le pascal ?

– Le ?

– Le pascal !

– Le pascal, voilà ! Pour vous, Jean-Michel !

Tous les choristes de Renée-Thérèse ont applaudi. C'était fair-play de leur part. Caroline a fait la gueule et a commencé à respirer bruyamment avec les mains.

– Quel photographe a reçu le prix Louis-Delluc pour son film *La vie moderne* ? Dernier volet d'une trilogie sur la vie paysanne... Un grand photographe, oui ? Renée ?

– Brialy ? Jacques Brialy ? a tenté Renée-Thérèse.

Et elle a croisé les doigts comme pour se mettre en prière.

Julien a eu l'air de se moquer d'elle.

– Jean-Claude Brialy, c'est non...

Renée-Thérèse a été blessée par le ton de Julien. Elle a insisté :

– Non, Jacques Brialy !!

– Non, Jacques Brialy, c'est non !

– Son frère, a précisé Renée-Thérèse.

– Oui, oui... C'est non !

– Depardon, a dit Caroline.

Julien a eu l'air perdu.
- Pardon ?
- Depardon.

Il a attendu la réponse dans son oreillette pendant quelques secondes et puis il a hurlé :

- Elle a raison Caroline ! C'est Raymond Depardon !

Caroline s'est mise à battre des ailes comme un papillon sous amphétamines. Tout allait se jouer sur les dernières questions.

Les trois candidats étaient ex aequo.

- Dans quelle région maritime, devant son nom au fait qu'elle est située entre le quarantième et le cinquantième parallèle... Oui ! Oui !

- Les quarantièmes hurlants, a beuglé Jean-Michel.

Et il s'est immédiatement repris :

- Euh... les quarantièmes rugissants !

- Ah non, non, non ! a crié Julien. Les autres, les autres ! Là-bas ! Venez ! Renée !

Renée-Thérèse a compris l'horrible micmac. Elle a répété :

- Quarantièmes rugissants !

C'était la première réponse qui comptait, et Jean-Michel avait répondu « les quarantièmes hurlants » avant de donner la bonne réponse, « quarantièmes rugissants ». Le point était pour Renée-Thérèse. Faute élémentaire, et même double faute de Jean-Michel. Renée-Thérèse a fait sa tête de gros potiron rusé. Julien l'a applaudie ainsi que la foule des choristes provençaux.

Jean-Michel l'ingénieur aéronautique était triste comme la mort. Il a reniflé comme s'il avait perdu son nez et qu'il le cherchait partout avec sa bouche. Renée-Thérèse, pour l'enfoncer un peu plus, s'est penchée vers lui :

– Merci !

Tout s'est joué sur la substance brune. Jean-Michel était tendu. Renée-Thérèse avait un petit rire nerveux et sardonique. Caroline avait les yeux écarquillés. Peut-être qu'elle venait d'apercevoir un OVNI dont était descendu un extraterrestre aux cheveux bouclés qui aurait été le sosie de Julien Lepers.

– Je veux une substance, a commencé Julien. Substance… donnez-moi cette substance brune. Très odorante. Sécrétée par les glandes abdominales d'un cervidé mâle voisin du chevrotin… Oui, Jean-Michel ?

– L'ambre ?

– L'ambre, c'est non.

– L'ambre gris ? a hasardé Renée-Thérèse.

– Vous l'avez Renée ! Appuyez d'abord !

– L'ambre gris, a répété Renée-Thérèse.

– C'est non !

Caroline était la seule à pouvoir donner une réponse.

– Que dit Caroline… Oui ?

Caroline a pris une grande inspiration.

On voyait qu'elle n'était pas sûre de son corps. De mon côté, j'avais la réponse mais je n'avais pas le droit de la lui souffler sinon j'aurais été puni par l'instituteur fou.

– Le suint, a lâché Caroline dans un soupir de petite fille qui vient d'avouer à ses parents qu'elle a mangé tout le chocolat.

Julien l'a regardée avec un air désespéré.

– Non ! Le suint, c'est non…

Julien s'est tourné vers l'écran situé derrière les candidats et le visage du Super Champion Michel est apparu avec sa barbichette.

– Alors, que dit Michel ?

– Le musc, a répliqué le Super Champion d'un ton blasé.

– C'est oui. Le musc, d'accord !

Les candidats se tenaient dans un mouchoir de poche.

– Donnez-moi ce petit citron. Un citron, Caroline ?

– Le cédrat ?

– Non Caroline, un petit citron ! Oui, allez-y ! Allez-y oui. Renée ?

– La lime ?

– La lime, d'accord ! Par quelle expression latine désigne-t-on la loi votée en 1679 par le Parlement anglais… Renée ?

– Habeas corpus ?

– Habeas corpus, terminé !

Tout le monde a applaudi.

Renée-Thérèse était qualifiée. Elle est venue à côté de moi et m'a fait la bise traditionnelle entre les qualifiés pour la deuxième manche, comme des chevaliers de la Table ronde qui discutent de leur week-end à la machine à café avant de se faire un petit briefing sur la quête du Graal.

La dernière place se jouait entre Jean-Michel et Caroline. On était au bout de la nuit, tout au sommet de l'angoisse.

– Jean-Michel et Caroline… Ou Caroline et Jean-Michel… Question à trois points. Ça se joue là.

Jean-Michel et Caroline étaient rivés à leur buzzer, accrochés à une bouée de sauvetage dans l'océan de la solitude humaine.

– Donnez-moi ce rapace… Quel est cet animal… Un rapace diurne, au plumage variable… Dont le nom scientifique est *Buteo buteo* ?

Jean-Michel a crié :

– La buse !
– Jean-Michel ?
– LA BUSE !
– La buse, voilà ! Terminé et c'est gagné !

Nous en avions fini avec la première manche.

Un Super Champion, une buse, un potiron et moi. Ça promettait pour la suite.

9

Caroline, cadeau !

Quand Caroline a été éliminée, elle a fondu en pleurs. On a arrêté l'émission pendant une vingtaine de minutes parce que ça n'allait pas du tout. J'avais beaucoup de peine pour Caroline qui aurait certainement mérité de se qualifier plutôt que Jean-Michel. Mais la buse l'avait tuée.

– Pas de regrets, Caroline !

Tout le monde est venu sur le plateau, les amis de Caroline, les arbitres, les gens de la production, et ils l'ont aidée à se relever.

Puis ils ont lancé le speaker : « Caroline, consolez-vous ! Larousse vous offre *Le Grand dictionnaire de la mythologie* ! Un ouvrage richement illustré qui vous plongera au cœur de l'histoire des divinités grecques et romaines ! »

Mais ça n'avait pas l'air de la consoler, Caroline, *Le Grand dictionnaire de la mythologie*. Elle pleurait toute seule sur le plateau et on ne pouvait pas continuer l'émission. Julien s'est approché de Caroline et l'a réconfortée.

Caroline était triste comme si elle avait raté son bac au repêchage. C'est mon cauchemar à moi aussi d'ailleurs. Oui, je fais souvent ce rêve étrange et pénétrant de devoir repasser mon bac scientifique alors que je sais, à l'intérieur même du rêve, que je l'ai déjà. Je l'ai obtenu il y a quelques années. Il n'empêche. Je dois le repasser. J'ai quelques années de plus mais je dois faire une nouvelle classe de terminale.

C'est un bac scientifique. Les matières les plus difficiles sont les maths et la physique.

Il y a quelques variantes dans ce rêve, cela se passe dans des villes différentes. La fois dernière, ça se passait à Lyon. Je ne sais pas où est le centre d'examen et je dois à tout prix ne pas arriver en retard. Je suis vers la place des Terreaux. Je me perds dans un dédale de petites rues et j'entre dans un bar. Il fait chaud et j'enlève mon manteau et mon jean dans lequel je ne me sens pas à l'aise.

Je bois une bière au comptoir avec quelqu'un qui me parle de José Garcia. Au bout d'un moment, je me rends compte que c'est José Garcia lui-même. Il y a aussi un homme en noir.

En partant, je prends le pantalon de José Garcia. Je dois gagner le métro le plus proche. Je remonte une immense avenue déserte avec quelqu'un. Mais cela ne débouche nulle part. Je fais demi-tour.

Ensuite, je me perds dans la campagne. J'arrive enfin sur le lieu de l'examen, l'instructeur me donne devant une foule d'élèves tout un tas de consignes. Je ne sais pas répondre.

Au bout d'un moment, j'ai une illumination. Je décide de jouer le tout pour le tout et de rompre le silence.

J'affirme que je suis astrophysicien. C'est un rêve, j'invente ce que je veux. Stupeur dans l'assistance. Je raconte que j'ai croisé Gad Elmaleh parce que je ne me souviens plus du nom de José Garcia (et que je veux impressionner).

Les élèves m'écoutent. Je leur dis que : « L'école est horrible mais il faut CASSER LES CODES. » Je hurle. Puis j'ajoute que : « Ce qui m'intéresse, ce sont les corps. Vous avez tous des corps très beaux et très intéressants. » Les étudiants ont l'air contents.

Ensuite, nous repartons tous et je me perds à nouveau dans un dédale de petites rues très en pente à l'extérieur de la ville. La dernière chose dont je me souvienne, c'est que je mets ma bite dans un croupion de poulet.

On a fini par reprendre.

– Trois, deux, un, lance un technicien. Alors l'émission a redémarré et Julien très enthousiaste a repris :

– Alors merci Caroline !

Caroline était supposée répondre, mais elle n'arrivait plus à ouvrir la bouche. Ses yeux avaient disparu dans un océan de larmes. Il n'y avait plus que de la souffrance et heureusement des lunettes qui cachaient un peu les sanglots.

Julien a continué en solitaire :

– Et merci d'avoir accepté notre invitation, Caroline !

– …

– Et je vous invite Caroline à mes côtés !

– …

– Attends il y a un blanc là tout à coup !

– …
– Je ne sais pas ce qui se passe !
– …
– Comment ça va Caroline ?

Caroline a respiré et puis elle a réussi à articuler :
– Ça va très bien.
– Ce n'est pas grave Caroline, a rétorqué Julien. Ce n'est pas grave, on a donné le maximum !
– Oh oui, a lâché Caroline. Il n'y a pas de problème.
– On s'en fiche complètement. On est d'accord, hein ?

Caroline n'avait pas l'air d'accord mais elle a hoché la tête. Ensuite Julien s'est occupé de poser la question aux téléspectateurs.
– Bon, cette question… Elle est pour vous cette question. 1 500 euros à gagner. Comment appelle-t-on… Allô ? Il y a quelqu'un ?

Dans la tradition du jeu, c'est le candidat éliminé qui doit lire la question aux téléspectateurs. Sauf que Caroline n'était vraiment pas dans son assiette.
– Ah, je dois la poser, la question, a dit Caroline.

Elle était à la torture.
– Bah, ce serait bien, oui !, a râlé Julien, qui commençait à s'impatienter. Il serait bien rentré chez lui. Il en avait marre de Caroline et de toutes ces questions.
– Comment appelle-t-on, a commencé Caroline, la pratique consistant à percer une partie du corps pour y mettre un bijou… Réponse un le piercing…
– Non, Lepers, c'est moi, a coupé Julien pour détendre l'atmosphère. Ah oui… Lepers… ing !

Ça n'a pas fait rire du tout Caroline.

– Réponse deux…, a repris Caroline, qui voulait en finir. Le tatouage.

– Le tatouage, donc c'est à vous de jouer, a conclu en toute simplicité Julien. Réponse par téléphone 32 43 ! Et par SMS le 7, le 10 et le 20 ! Tirage au sort en fin d'émission ! Merci infiniment Caroline !

– Merci, a murmuré Caroline en s'étranglant.

– On reste ensemble. Deux trois secondes, a dit Julien.

Il l'a prise par la taille et l'a serrée contre lui. Caroline a posé sa tête avec beaucoup de grâce sur l'épaule de Julien.

– On est bien comme ça, a confié Julien.

Il a souri à Caroline :

– Jean-Michel, Renée-Thérèse et Olivier… Place au jeu !

10

De retour de vacances

De retour de vacances
Mon cœur encore y pense
Et quelques larmes coulent du fond de mes yeux
Ses cheveux étaient noirs
De la couleur de l'espoir
Je veux la revoir

On a tous au cœur des souvenirs
Qu'on ne veut pas voir partir
Des images qui rôdent en nous
Et qui jouent
Je voudrais seulement
Pouvoir retenir le temps
Et dire tout bas
Aime-moi

Aaaah ooh-ooh ooh-ooh oooooh !

De retour de vacances
Je manque un peu de patience
Ces regards ces caresses
J'ai tant besoin d'elle

Et si l'amour est là
Donne-moi le droit de vivre ça

On a tous au cœur des souvenirs
Qu'on ne veut pas voir partir
Des images qui rôdent en nous
Et qui jouent
Je voudrais seulement
Pouvoir retenir le temps
Et dire tout bas
Aime-moi

Aaaah ooh-ooh ooh-ooh oooooh ! »

    Julien Lepers, *De retour de vacances*
https://www.youtube.com/watch?v=q5qHUUbOMnA

DEUXIÈME PARTIE

LE QUATRE À LA SUITE

11

Remus et Romulus

La deuxième manche, c'est le Quatre à la suite. Il ne restait plus que Jean-Michel l'ingénieur aéronautique, Renée-Thérèse et moi.
– Les feux passent au vert pour ces trois candidats, a repris Julien qui n'était pas fâché de s'être débarrassé de Caroline.
Jean-Michel était heureux de s'en être sorti avec la buse. Il sautillait derrière le buzzer.
– Et Jean-Michel qui s'est bien battu !
– Oui !
– On s'en fiche, c'est difficile ! Mais le principal c'est de se battre !
– Tout à fait !
– C'est bon de voir un candidat qui ne démissionne pas ! Et qui va jusqu'au bout ! Et qui donne tout ! Et qui est au taquet !
– Pfou pfou, a soufflé Jean-Michel.
– Jean-Michel, bravo !
– Merci, a remercié Jean-Michel.
Julien s'est tourné vers Renée-Thérèse avec malice.

– Renée-Thérèse, une ancienne bibliothécaire habitant… euh…

Il a regardé sa petite fiche jaune posée devant lui car il avait totalement oublié qui était Renée-Thérèse.

– Avignon ! Du côté d'Avignon !
– À côté, a rétorqué Renée-Thérèse.
– Comment, Caumont…
– Sur-Durance.
– Caumont-sur-Durance, a articulé Julien sans conviction. D'accord ! Olivier qui est en tête, doctorant en lettres ?

J'ai hoché la tête. Oui, je suis bien inscrit en thèse. Je travaille sur les « réceptions et traductions de l'œuvre de Saint-John Perse en Amérique latine de 1945 à 2008 ». Cela arrive à tout le monde.

Julien m'a sorti de ma torpeur.

– Doctorant en lettres ? Très bien, trois victoires en 2012. Il est un candidat redoutable, et il habite Paris !

C'était l'heure des quatre questionnaires.

– Quatre thèmes, quarante secondes, quatre bonnes réponses, a résumé Julien. Si vous faites une erreur vous revenez à zéro. Et tout est à refaire.

Le Quatre à la suite, il y a quatre thèmes et c'est au candidat de choisir. Sauf qu'il faut choisir le bon thème.

On n'a que cinq secondes pour ça.

C'est du direct, c'est du brutal.

– Et nous avons ce soir, a commencé Julien…

Et j'ai vu les thèmes s'afficher devant moi sur un petit moniteur télé posé devant les buzzers.

Remus et Romulus
La France et l'Europe
Les lieux des sports d'hiver
Le thème mystère

– Olivier, a commencé Julien…

C'était le moment de choisir. Mon attention était phagocytée par Remus et Romulus. Tu peux prendre tout ce que tu veux, mais surtout, ne prends pas Remus et Romulus. Ce n'est pas le moment de se planter. Le Quatre à la suite, c'est une manche casse-gueule. Tu dois t'en sortir. Ne prends pas Remus et Romulus.

Je me suis concentré sur les autres thèmes. La France et l'Europe, les lieux des sports d'hiver, le thème mystère.

Le thème mystère était un thème qui n'apparaissait qu'une fois choisi, on ne savait pas sur quoi on allait tomber. J'avais un peu peur de La France et l'Europe parce que ça m'aurait vraiment embêté de perdre à cause de la France.

Prendre un thème polyvalent comme les lieux des sports d'hiver me semblait une bonne solution. Ou même le thème mystère. Tout ça avait l'air difficile mais c'était, en réalité, un peu fourre-tout. De quoi faire au moins trois points.

– Olivier, qu'est-ce que vous prenez ?, a demandé Julien.

J'ai paniqué.

J'ai dit : « Remus et Romulus, Julien ! »

Il s'est passé des choses dans ma tête. Il se passe souvent trop de choses dans ma tête.

Julien ne tenait plus en place. Voir un jeune candidat brillant se faire défoncer par Remus et Romulus, ça le mettait en joie. Mais il m'a encouragé malgré tout :

– Ça va Olivier ? Il a quoi vingt-trois, vingt-quatre ans ?

Je n'ai pas répondu. J'étais tétanisé par la peur.

– Il est fougueux, mais attention à la fougue !

J'étais flatté de l'attention de Julien. Ça m'a un peu redonné courage.

– Attention à la fougue ! Il a quoi vingt-deux, vingt-trois ans ?

J'ai fini par corriger : « Vingt-cinq, Julien. »

Il m'a encore répété :

– Attention à la fougue !

Et puis c'est parti.

12

Les *Pensées* de Pascal

— Je vais choisir Remus et Romulus !
— Voilà, a dit Julien. Remus et Romulus ! Olivier qui est un jeune garçon fougueux il a quoi vingt-trois, vingt-quatre ans ?
— Vingt-cinq, j'ai répété.
— Vingt-cinq ans. Mais attention à la fougue parce qu'on peut être aveuglé aussi. Il faut réfléchir hein ! Et là c'est ce que vous avez fait.

La caméra s'est rapprochée de moi. Je savais que c'était le moment où on est tout seul dans l'écran. Julien m'a bien regardé.

— Merci d'être avec nous, Remus et Romulus ! Allons-y. Top !

J'ai sursauté et me suis concentré.

— Quelle femelle d'un mammifère carnivore allaita les deux…
— Une louve !

Facile. Un point.

— Oui ! De quel peuple latin établi près de Rome proviennent les femmes que Romulus fait enlever…

J'ai gardé mon calme.

— Les Sabines !

Deux points.

– De quel prince troyen ayant été le héros d'un poème épique de Virgile…

– Énée ?

Trois points. Je devais me concentrer sur la dernière question, la plus difficile.

– Quel gardien de troupeaux aurait découvert les deux frères et les aurait apportés à sa femme Acca Larentia, pour qu'elle les nourrisse ?

Je n'avais pas la réponse mais il y a un Lycurgue qui m'a traversé la tête. J'ai vu ce nom romain passer dans mon cerveau et arriver sur le bout de ma langue.

– Lycurgue ?

Julien m'a regardé avec un air un peu triste. Non, ce n'était pas Lycurgue. J'avais encore une chance de faire quatre points si je répondais très vite aux questions qui restaient.

– Dans leur enfance, sur quel fleuve Romulus et Remus auraient-ils été abandonnés…

– Le Tibre ?

Je reprenais du poil de la bête.

– Sur quelle colline de Rome, Romulus a-t-il ouvert un asile constituant le noyau de la première population de Rome… Sur quelle colline ?

Dans ma tête, je me suis emmêlé les pinceaux avec les collines. J'hésitais entre le Capitole et le Palatin. J'ai risqué : « Le Palatin ? »

– Non, ah non, s'est énervé Julien. Selon une légende, quel dieu romain identifié à l'Arès hellénique…

J'ai baissé les bras, deux erreurs, c'était beaucoup trop.

– Saturne ?

– Non, a objecté Julien, consterné. Sur quelle colline de Rome la tradition situe-t-elle l'établissement fondé par Romulus au VIIIe siècle avant Jésus-Christ ?

Encore une colline. Cette fois-ci, je n'allais pas me laisser avoir. Je n'allais pas redire le Palatin. J'ai réfléchi deux secondes : « Le Quirinal ? »

Julien était hors de lui.

– Non, le Palatin ! Il est là le Palatin ! Et trois points, Olivier !

Trois points. C'était très insuffisant pour m'assurer une qualification pour le Face-à-face contre Renée-Thérèse ou Jean-Michel. Trois points, j'étais presque sûr d'être éliminé. J'avais fait quatre erreurs au total, c'était beaucoup trop.

Julien est passé à la correction des questions.

– Quel dieu romain, identifié à l'Arès hellénique, serait le père des jumeaux qu'il aurait eus de son union avec Rhéa Silvia ? C'est Mars !

Bien sûr. J'étais même né en mars.

– Sur quelle colline de Rome, Romulus a-t-il ouvert un asile constituant le noyau de la première population de Rome ? Le Capitole !

J'ai baissé la tête. C'était évident, le Capitole. Je m'en étais à peu près sorti, grâce à Énée et aux deux premières questions. J'aurais pu frôler la catastrophe.

– Gardien de troupeaux qui aurait découvert les deux frères, et les aurait apportés à sa femme Acca Larentia pour qu'elle les nourrisse ? Faustulus !

Faustulus. J'ai maudit ce type.

J'ai pensé à la légende de Faust, qui mourait de tout savoir et finit par vendre son âme au diable pour connaître les plaisirs de la chair. Pendant bien des années, quand je préparais Normale sup, je me concentrais uniquement sur l'étude des philosophes. Je crois que Pascal était l'un de mes préférés.

Un soir, j'étais à un anniversaire, je fumais une cigarette sur le balcon et des rêves de divertissement s'emparaient de moi. À un moment, une fille sublime s'approche. Très belle, mince, cheveux très courts. Steffi. Elle me murmure à l'oreille : « Tu rentres avec moi ? » Ou quelque chose comme ça.

À la fin de la soirée, je la suis jusqu'au RER de Port-Royal et on bifurque sur le boulevard Saint-Michel. Steffi est devant moi, pieds nus. Elle danse un peu sur le trottoir. À l'angle du pont de Notre-Dame, elle s'adosse au parapet dans une position totalement indécente. Je ne sais pas quelles sont ses intentions. Est-elle ivre ? Veut-elle que je l'embrasse ? Je la suis dans un immeuble du côté de la porte des Lilas, une mansarde au septième étage. L'angoisse monte. Je me réfugie aux toilettes qui sont sur le palier. Je me souviens de tous les détails, ma mémoire est un enfer ; l'oubli est un long chemin qui mène au pays du bonheur. Je me souviens que la voisine est sortie en hurlant, scandalisée que quelqu'un puisse tirer la chasse d'eau à une heure pareille.

J'ai rejoint Steffi dans la chambre. Quand je suis entré, Steffi était nue, de dos. Elle était en train de tirer les rideaux. Et je ne sais pas quoi faire, je n'ai pas le mode d'emploi. Je m'assois au bord du lit.

Steffi vient vers moi. Elle porte une nuisette blanche, elle a des seins sublimes comme une fille de dix-neuf ans et demi. Vingt ans ? Je la regarde affolé.

Et je vois une étagère. Je m'accroche à l'étagère, c'est ma bouée de sauvetage. Steffi est étudiante en khâgne. Elle étudie la littérature. Il y a quelques classiques sur l'étagère. Des philosophes... Je vois les *Pensées* de Pascal. Je prends les *Pensées*, c'est l'édition Garnier-Flammarion avec les commentaires des spécialistes.

J'ouvre les *Pensées* et je tombe sur un chapitre sur le divertissement. Je regarde Steffi. Et je lui récite calmement : « Tout le malheur de l'homme est de ne pouvoir rester enfermé seul dans une chambre. »

Steffi a éteint la lumière et s'est couchée sans un mot. Je me suis étendu tout habillé à l'autre bout du lit.

Le lendemain matin, elle ne m'a pas demandé mon téléphone quand nous avons pris sans un mot la ligne 3 direction la gare Saint-Lazare, assis l'un contre l'autre sur un strapontin, ceux qui sont au centre de la rame. Je n'ai pas osé lui demander le sien.

On dit ce qu'on veut sur Pascal ; c'est un grand philosophe ; je ne sais pas ce qu'il a compris ou non sur la vie, mais je crois qu'il a compris le silence effrayant entre les êtres.

Julien Lepers, lui, a regardé Renée-Thérèse.

– On va aller dans le mystère, a-t-elle insinué.

Julien a explosé de joie.

– *On va aller dans le mystère*. Le thème mystère... Alors, ordinateur, nous dévoilons ce thème mystère !

Le thème est apparu devant nous sur le petit moniteur télé :

> La vérité dans tous ses états

Renée-Thérèse a eu l'air satisfaite.
– Ha, si je mens, a minaudé Renée-Thérèse.
Et elle a joint les mains comme un potiron apocalyptique.

13

Doctissimo

– Bah oui. La vérité dans tous ses états ! Dites donc, ça fait longtemps qu'on s'était pas vus, depuis quand, 2012 ?
– Oui, a répondu Renée-Thérèse.
– Ah oui, bah il n'y a pas si longtemps que ça !
– Quatre mois.
– Mais ça me paraît une éternité !
– Moi aussi.
– Bon vous allez chanter qu'est-ce que… C'est quoi cette histoire ? Vous chantez au Zénith de Paris ?

Julien était furieux parce que lui aussi aurait voulu passer au Zénith de Paris pour chanter *De retour de vacances* mais il avait dû se présenter avec Jacques Chirac à Saint-Pierre-et-Miquelon.

– Oui, a affirmé Renée-Thérèse en toute modestie.
– Mais ce n'est pas possible, s'est étranglé Julien.
– Oui, mais pas toute seule, hein…
– Non mais pourquoi là ? Dites-moi !
– On sera plus de mille, a rétorqué Renée-Thérèse.
– Ouais…

– Parce que j'appartiens aux Chœurs de France, a continué Renée-Thérèse. Nous sommes sept chœurs en France et donc nous chantons une fois par an au Zénith, depuis quatre ans.

Julien a encaissé le coup.

– Ça fait combien de choristes qui chantent ensemble, hein ?

– Ensemble, euh… plus de mille !

– Plus de mille, a répété Julien, songeur.

Il avait les yeux perdus dans le vague comme Patrick Poivre d'Arvor sur la couverture de ses romans.

– Ça doit faire quelque chose, quand vous chantez tous ensemble…

– Ah c'est extraordinaire, a insisté Renée-Thérèse sans s'apercevoir de tout le mal qu'elle faisait à Julien.

– Dix-neuf octobre 2013 au Zénith à Paris, a murmuré Julien.

– Voilà, a dit Renée-Thérèse en toute simplicité.

– Mille choristes !

– Mille choristes, a repris Renée-Thérèse.

– Et ensuite ?

– Et ce sera…

– Lyon !

– À Lyon, a confirmé Renée-Thérèse.

C'était Barjoland et on planait à fond.

– Le sept avril à Lyon !

– Le sept avril.

L'émission s'était transformée en promotion de la tournée de Renée-Thérèse comme si c'était Guns N' Roses.

– Oui, a swingué Julien.

– On sera aussi plus de mille choristes !

À ce moment-là tous les choristes dans l'assistance ont commencé à chanter. Moi je restais concentré.

« La vérité dans tous ses états. »

Décidément, ça parle toujours de vérité, dans cette émission... Le problème avec la vérité, j'ai pensé, c'est qu'on ne sait pas comment la révéler.

J'ai rencontré Claire à la résidence universitaire de Lyon, à Normale sup. Claire suivait des cours au conservatoire, elle voulait devenir danseuse contemporaine. On était colocataires. À force de lui lire le *Cantique des cantiques*, Claire a compris que j'avais besoin de compagnie et d'un peu de tendresse. À cette époque-là, je passais mes nuits à apprendre par cœur les *Illuminations* de Rimbaud. Je les enregistrais sur un petit dictaphone et je les écoutais en boucle. Je lisais aussi à Claire la *Confession d'un enfant du siècle* et Claire s'endormait dans les cinq minutes. On s'entendait bien. On a voulu écrire un ballet à partir de la *Cantate à trois voix* de Paul Claudel. J'ai demandé les clés de la salle de musique où il y avait un piano et j'ai composé la musique. J'étais persuadé de créer une musique extraordinairement romantique. Claire dansait merveilleusement bien et inventait toutes sortes de chorégraphies.

On est allés passer un week-end à Genève. Je n'ai jamais connu un vent aussi fort que celui qui soufflait autour du lac Léman ce jour-là. On a marché beaucoup trop longtemps autour du lac Léman et le soir il n'y avait plus de trains pour Lyon ; on était bloqués à Genève. On a déniché un hôtel près de la gare à 80 francs suisses la nuit, une fortune pour deux étudiants. On est allés dans la chambre. Je me rappelle que j'étais dans la salle de bains. Claire était allongée sur le lit. Elle s'était déshabillée et m'attendait sous les couvertures. Je ne savais vraiment pas quoi faire. Je réfléchissais coûte que coûte à l'emploi du préservatif. Est-ce que ça se mettait avant, ce truc-là ? On m'avait conseillé de me protéger, mais jamais expliqué comment. Sur le site Doctissimo il y avait bien des photos mais ça avait l'air extrêmement compliqué. Je m'étais entraîné une fois chez moi mais le problème était d'une infinie complexité du point de vue d'une intelligence logicienne comme la mienne : le préservatif pouvait être déroulé dans deux sens différents. En gros, j'avais une chance sur deux d'attraper une MST ? Je n'avais pas le mode d'emploi !

Parfois dans la vie, les guerriers prennent l'ascendant sur les hommes d'esprit. J'ai pris mon courage à deux mains. Tant pis pour le préservatif. Après tout, j'étais vierge, elle aussi. Nous aurions des enfants, et puis c'est tout.

J'ai entrepris l'ascension de Claire par la face sud. Je cherchais la bonne stratégie, la bonne approche. Je ne savais pas comment faire. Peine perdue.

J'ai repris mes esprits derrière mon buzzer. « La vérité dans tous ses états », c'était un drôle de thème mystère, un thème polyvalent. Si Renée-Thérèse faisait quatre points, adieu mes dernières chances.

– Et la vérité, a dit Julien pour calmer l'ambiance.

Je crois qu'il a un peu pris Renée-Thérèse au dépourvu.

– La vérité dans tous ses états. Quarante secondes…

– On va essayer, a déclaré Renée-Thérèse.

Et elle a plissé les yeux.

– Pour la candidate *sympathique* qu'est Renée-Thérèse, la vérité dans tous ses états. Top !

J'ai tendu tout mon être comme une aiguille vers Renée-Thérèse, comme si j'avais pu la faire chuter en concentrant au maximum mon énergie sur elle.

Sauf que Renée-Thérèse n'était pas née de la dernière pluie. Elle a enchaîné facilement les réponses.

Quel père de la nation indienne, apôtre de la non-violence… ?

Gandhi. Un point.

Quel écrivain français du XVIe déclare : « Je festoie, je caresse la vérité », dans le Livre trois de ses *Essais ?*

Montaigne. Deux points. Mes aiguilles ne faisaient aucun effet. Renée-Thérèse se dirigeait sans problème vers le quatre à la suite.

J'ai arrêté de respirer.

Dans le film *La vérité* de Clouzot, quelle actrice incarne une femme jugée pour le meurtre de son amant, interprété par Sami Frey ?

Brigitte Bardot. Trois points.

C'était quoi, ces questions. J'allais être éliminé parce que les questions étaient trop faciles.

Dernière question peut-être.

Si Renée-Thérèse répondait, c'était fini pour moi. J'avais l'intuition que Jean-Michel ferait quatre points derrière avec les sports d'hiver. J'allais être éliminé.

— Quel terme de logique, issu du grec signifiant le « même discours », désigne une proposition vraie, quelle que soit la valeur de vérité de ses composants ?

Une proposition vraie ?

J'ai pensé : C'est la tautologie.

J'ai attendu la tautologie comme on attend la mort. J'ai pensé : Si Renée-Thérèse trouve la tautologie je sors, c'est fini.

Il s'est passé un temps infini comme une longue journée d'été à l'adolescence dans les vapeurs du shit. C'était comme si un gigantesque sablier marquait le décompte exact des secondes et qu'il n'en finissait pas de s'écouler dans la lumière des spots.

Grain de sable après grain de sable, j'ai attendu la tautologie.

Mais elle n'est pas venue.

Renée-Thérèse a répondu :

— Je passe, Julien.

J'ai respiré l'air de la mer empli de varech et d'embruns. J'ai foncé vers le grand large.

Renée-Thérèse a encore trouvé *X-Files* et les Inconnus, mais elle n'a pas pu améliorer son score. Trois points.

— Selon une maxime du philosophe grec Démocrite, au fond de quelle cavité...

— Le puits, a sorti Renée-Thérèse.

— Creusée dans le sol, la vérité se cache-t-elle ?

— Au fond du puits, a répété Renée-Thérèse.

— La vérité se cache au fond d'un puits, a conclu Julien. Trois points, Renée-Thérèse !

J'étais sauvé pour l'instant.

14

200 km à travers les paysages de la frise

– Jean-Michel, a enchaîné Julien. C'est à vous !

Il ne restait que La France et l'Europe ou Les lieux des sports d'hiver. J'étais sûr du choix de Jean-Michel.

– Je vais prendre les lieux des sports d'hiver, Julien !

Tu m'étonnes.

– Jean-Michel, ingénieur aéronautique ! On s'est vus il y a un an seulement, il s'est passé depuis un an beaucoup de choses, hein ?

– Oui, pour commencer ma famille s'est agrandie. J'ai eu une petite fille en août l'année dernière…

Julien n'avait pas l'air d'être passionné par tout ça.

– Oui…
– J'ai changé de euh… de lieu…
– Vous avez *déménagé* ?
– J'ai déménagé.
– Ouais…
– Pour pouvoir l'accueillir !

– Ah oui, a enchéri Julien.

– De Châtillon à Ville-d'Avray. Et j'ai changé de secteur dans mon travail… Je suis passé du ferroviaire à l'aéronautique…

– Voilà…

– Voilà !

– Vraiment beaucoup de changements, a résumé Julien.

– Beaucoup de changements !

– En l'espace de peu de temps, Jean-Michel…

– Oui !

– Et Jean-Michel, quarante secondes de jeu. Top !

Jean-Michel s'est éboué.

– 1968 ! Quelle ville française accueille…

– Grenoble !

– Oui ! Dans quel pays d'Europe la course sur glace dite des « Onze Villes », disputée sur près de 200 km à travers les paysages de la Frise, se déroule-t-elle ?

– Les Pays-Bas !

Bien sûr. La Frise, c'était vraiment donné. Je le sentais mal.

– Oui ! Dans quel massif des Préalpes se trouve la station d'Autran, qui accueille chaque année depuis 79 la course…

– Le Vercors !

Trois points.

– Quelle ville de Russie, située sur la mer Noire, accueillera les jeux olympiques d'hiver… ?

– Sotchi !

Quatre à la suite. Jean-Michel était en finale.

– Ah oui ! a lancé Julien. Quatre à la suite. Oh youhou ! Ça c'est beau ! Sotchi ! Exactement !

Il a lancé ses fiches en l'air et a voulu serrer la main de Jean-Michel qui était déjà reparti vers le buzzer.

Renée-Thérèse et moi n'avions fait que trois points. Ça ressemblait sérieusement à un jeu décisif. Il allait falloir se départager avec Renée-Thérèse. L'horizon de ma vie était lourd de gros nuages noirs ; il fallait amarrer le foc avant et se préparer à la tempête.

15

Le prince Mychkine

– Renée-Thérèse et Olivier, score à zéro tous les deux !

Je l'aimais bien, au fond, Renée-Thérèse. On s'est regardés tous les deux dans les yeux en se souhaitant le meilleur pour l'avenir, quoi qu'il arrive.

– Le premier qui arrive à deux points, a récapitulé Julien, ou la première…

Il a dit « Le premier » en me regardant et j'ai senti qu'il était derrière moi. Et puis il a rajouté : « … ou la première », mais à mon avis c'était simplement pour être poli avec Renée.

– … est qualifié pour la suite !

Jeu décisif, ça signifiait que le premier à répondre à deux questions avait gagné. Il fallait appuyer le plus vite possible. Pendant ce temps-là, Jean-Michel se la coulait douce. Il avait un petit rire nerveux et répétait : « J'ai fait quatre… »

Julien a commencé :

– Donnez-moi ce roman…

Au moment où ça commençait, mon boîtier son est tombé. Il s'est décroché de la poche arrière de mon jean.

Il fallait rester concentré. J'ai pensé dans ma tête : Reste concentré ! Reste dans ton match. Tu es là pour gagner. Tu es là pour gagner. Reste dans ton match !

Tous les techniciens sont venus sur le plateau pour me toucher les fesses et me remettre le boîtier bien en place. Même Marie-Victoire est intervenue pour décréter qu'il y avait une pause générale. On pouvait aller aux toilettes si on le voulait.

J'ai profité de la pause pour aller aux toilettes et je suis repassé par les loges. Il n'y avait plus que quelques candidats éliminés pendant la partie précédente qui regardaient les derniers matchs de la journée. Je ne les ai même pas regardés. J'ai pris une madeleine au passage et l'ai trempée dans du coca.

J'étais dans mon match. Je suis allé pisser en concentrant toute mon attention sur mes gestes. J'ai pissé avec une intensité maximale, comme saint François dans un tableau du peintre Giovanni Bellini. C'est un tableau qui représente l'ermite saint François en extase, tendu vers Dieu. Saint François est au bord du gouffre, dans le désert de l'âme. Il pisse dans la splendeur verticale du monde. Il attend une réponse à la question de la vie et de la mort parmi une nuée d'oiseaux fous et innocents.

Et ce désert de l'âme, c'étaient les toilettes du studio. Et la réponse que j'attendais à la question de la vie et de la mort, c'était la question du jeu décisif que Julien allait poser.

Un roman ? Quel pouvait être ce roman ? On a écrit tellement de romans depuis des siècles. Je savais une chose, le jeu décisif était une affaire de sang-froid. Renée-Thérèse était tendue tout à l'heure. Elle pouvait avoir un coup de panique et appuyer très vite. Il fallait aller encore plus vite qu'elle… Ou bien ruser, tel Ulysse.

Je suis retourné sur le plateau. Derrière le buzzer, Renée-Thérèse était en train de se refaire maquiller. À ce moment-là Julien qui revoyait le « raccord » avec les gens de la production est revenu lui aussi sur le plateau ; on s'est retrouvés tous les deux face à face, lui et moi.

J'ai saisi ma chance. C'était le moment ou jamais. J'ai regardé Julien et je lui ai adressé la parole en dehors du jeu – chose formellement interdite dans le règlement de l'émission au risque d'être exclu. On n'adresse pas la parole à Julien pendant l'émission. Parfois Julien blague avec les candidats, mais jamais pendant le match. C'était une transgression passible de sanction et j'en étais parfaitement conscient.

J'ai demandé à Julien comment ça marchait exactement, le jeu décisif, parce que j'avais un doute. Je savais qu'à la fin de la question, il était presque impossible de ne pas avoir la réponse. Tous les éléments sont donnés progressivement, si bien qu'à la fin de la question l'un ou l'autre des candidats a forcément la réponse.

Mais une chose me taraudait. Est-ce que si Renée-Thérèse appuyait trop tôt, je pouvais attendre jusqu'à la fin des indices, jusqu'à la toute fin, ou est-ce que le temps était limité ?

Autrement dit, est-ce qu'il m'était possible d'attendre que la question soit finie pour répondre, ou est-ce que je devais répondre impérativement avant un bip sonore ?

J'ai demandé à Julien : « Est-ce que j'attends le bip ? »

Il m'a regardé sans comprendre. J'ai vu beaucoup de douleur dans ses yeux. J'ai répété ma question : « Est-ce que j'attends le bip ? Est-ce qu'à la fin ça bipe, ou est-ce que j'ai le temps de réfléchir ? Qu'est-ce que je fais ? »

Julien a été surpris que je lui adresse la parole.

Il m'a répondu : « Oui, attends bien d'avoir tous les éléments... »

Il a regardé autour de lui sur le plateau ; il n'y avait personne.

Il a chuchoté : « Je ferai en sorte que tu puisses répondre quand tu as tous les éléments, avant le bip. »

Renée-Thérèse en a fini avec le maquillage. Ils ont à nouveau vérifié nos boîtiers sur nos fesses et on s'est remis derrière les buzzers.

– Que suis-je ? Un roman... Donnez-moi ce roman publié en 1869 ayant pour cadre la ville de Saint-Pétersbourg et le village de Pavlovsk...

Renée-Thérèse a appuyé très très vite. Je le savais.

– *Docteur Jivago* ?

Dans ma tête quelque chose m'a averti que c'était la bonne réponse. Le roman *Docteur Jivago*... Cela me paraissait correspondre avec l'action, qui se passait en Russie. J'ai retenu ma respiration.

Julien a attendu la réponse dans l'oreillette. Il n'a pas toujours la réponse aux questions qu'il pose. Il les attend dans l'oreillette. Elles sont données par un corps arbitral ultra-secret, qu'on dit uniquement vêtu de noir et caché dans une loge des studios.

Au bout d'un temps infini, Julien a repliqué :

– Non, Renée-Thérèse.

J'ai respiré. Ce n'était pas le *Docteur Jivago*. Arrivait la suite de la question. Prendre mon temps pour avoir tous les indices. Respirer par les orteils pour oxygéner le cerveau. Guetter le moment où Julien me signifierait de répondre.

– Je mets notamment en scène les personnages de Rogojine et de Nastassia Philippovna...

J'ai regardé Julien Lepers. Je pensais à un roman de Dostoïevski mais j'attendais d'avoir plus d'éléments.

– Œuvre de Dostoïevski dont le héros est le bon et simple prince Mychkine... Je suis... Oui !

Julien m'a regardé, l'air de dire que c'était le moment où jamais pour appuyer. Mychkine, ça me parlait.

Un idiot, c'est ça.

Avec les filles, j'ai toujours eu le sentiment d'être idiot. De ne jamais comprendre leurs intentions.

Quand j'ai intégré Normale sup, j'ai tout de suite su que je n'avais pas les codes. Les filles avaient baigné dans la culture et l'élégance intellectuelle toute leur vie, connaissaient les tragédies de Corneille sur le bout des doigts jusqu'à en être blasées et, pour la plupart, n'avaient aucune envie d'entrer en conversation avec un type mal habillé d'un mètre quatre-vingt-sept et de quatre-vingt-dix kilos qui ressemblait à un yéti.

Lorsque j'abordais une fille, elle se tournait de l'autre côté et continuait à parler de Fichte ou de Jean-Luc Godard sur un ton qui me faisait tout de suite comprendre qu'elle faisait partie d'une classe sociale qui me la rendait inaccessible. J'étais exclu économiquement, culturellement et sexuellement des villas secondaires à Cannes, de la philosophie de Deleuze et de la chatte de bourgeoise. Moi qui avais passé mon enfance sur un terrain de foot, qui n'étais jamais allé au cinéma et m'étais arrêté à Spinoza et à la masturbation solitaire, c'était mal parti.

Heureusement, j'habitais tout près du musée. Un paradis de délices m'était ouvert, et je parcourais, dans l'ordre, des salles entières, depuis les premières icônes byzantines jusqu'aux toiles de Vieira da Silva. J'aimais particulièrement les natures mortes : une tasse, des citrons, une rose me faisaient frémir de joie.

Ma plus grande émotion, je l'ai vécue à la Tate Gallery, à Londres. Je suis allé voir une exposition qui était consacrée à Mark Rothko. On entrait là comme dans un temple, un aquarium de couleur pure. Tous les murs étaient couverts d'immenses tableaux de couleur pourpre, un pourpre violent, troué de jaune et de noir. Il y avait du pourpre partout. Tout était pourpre ! Et un banc, comme souvent dans les salles de musée, et je ne savais pas si je devais m'y asseoir ou seulement le regarder. Je me suis assis et j'ai regardé le pourpre.

J'ai commencé à percevoir des nuances extrêmement fortes. Du rouge brunâtre, du carmin, du vermillon et du bleu lilas, du rose lilas, des couleurs boueuses…

Et à force de regarder le pourpre, je suis entré dans le pourpre, j'ai senti une petite secousse de plaisir dans le bas du dos, une secousse de plaisir qui a explosé en moi en millions d'échardes de lumière.

J'avais des orgasmes de nuance.

16

Barbara

Jusqu'au moment où je suis tombé amoureux comme on se fait écraser par un train, d'une fille qui s'appelait Barbara. Barbara était belle à en mourir, elle avait des yeux verts et un rire dont je pourrais parler pendant des heures. J'étais fou amoureux d'elle. Quand elle riait, j'étais amoureux. Quand elle chuchotait, j'étais amoureux. Lorsqu'elle pleurait ses amours mortes, j'étais amoureux ; quand elle se taisait, j'étais amoureux ; je la comprenais ; je l'écoutais ; à jamais je l'aimais.

Barbara était si belle qu'il aurait été impossible de ne pas s'éprendre d'elle. Un jour elle m'a dit avec innocence : « Si tu veux, accompagne-moi à mon cours de rock… ! » C'était brutal : le rock c'était impossible pour moi, mais je pouvais venir la chercher à la fin de son cours, si elle voulait ? À côté des Tuileries. Nous avons marché dans les rues. Nous nous sommes assis sur un banc. Je devais l'embrasser sur le banc ? Ou j'attendais qu'on mange une glace chez Amorino ? Je choisirais pistache et stracciatella, ou citron vert, et je l'embrasserais ? Avant ou après la pistache ? Un dilemme plus profond que toute la philosophie des Présocratiques grecs.

J'aurais simplement voulu lui dire quelques mots. Mais il n'y avait que le silence quand j'ouvrais la bouche. J'aurais voulu lui dire qu'il y a des choses que je ne comprenais pas, que je ne savais pas moi-même.

J'aurais voulu lui dire que je ne savais pas ce que j'étais, que ne je savais pas qui j'étais, j'aurais voulu lui avouer des choses dont je n'avais jamais parlé. J'aurais voulu lui dire que j'avais coupé les ponts avec ma famille, que j'avais besoin d'aide, que j'aurais aimé lui parler, juste lui parler. J'aurais voulu lui dire que je me sentais seul et que je me sentais abandonné. J'aurais voulu lui dire que j'avais grandi dans un monde qui était pour moi ultra-violent. J'aurais voulu lui dire qu'autour de moi je trouvais le monde si fou, si fou.

J'aurais voulu lui dire que je ne m'accordais pas le droit d'être moi-même, qu'on ne m'avait jamais accordé le droit d'être moi-même, et que j'avais l'impression d'être mon propre tyran en permanence, mon propre monstre. J'ai un monstre en moi.

C'est ça que je devais lui dire ? « Barbara, je t'aime. J'ai un monstre en moi et je me bats au quotidien contre la haine. »

Peut-être. Après tout. J'aurais voulu lui dire aussi que j'avais passé ça sous silence, même après l'avoir rencontrée. Toujours. Que j'avais honte de mon corps. Que ce sentiment de honte n'était jamais très loin. J'aurais voulu lui dire que j'avais honte et que cette honte était comme une vague, cette petite vague qui vient vous lécher les pieds imperturbablement quand vous êtes au bord de la mer, toutes les huit secondes à peu près, toutes les huit secondes comme le temps qu'il faut pour répondre à *Questions pour un champion*, lors de la dernière manche. J'avais honte et ma honte était une vague, j'avais honte et ma honte était un ruisseau, j'avais honte et ma honte était une guerrière, j'avais honte et ma honte était un océan, j'avais honte et ma honte était une montagne, j'avais honte et ma honte était un volcan. Tu n'imagines pas, Barbara, en fait ma vie c'était ça, ma vie *c'était* ce sentiment, la honte. Pour moi il était normal d'avoir honte comme ça de son corps, la honte pour moi était normale comme le vent, normale comme l'eau du robinet, normale comme le fait de trier les poubelles, normale comme les nuages noirs en hiver, normale comme une alarme qui vous réveille tous les jours à la même heure, normale comme un mauvais cauchemar, toujours le même, qui vous terrasse dans vos nuits sans sommeil. Personne n'était là pour me dire que ce n'était pas normal.

J'aurais voulu lui parler de notre rencontre. J'aurais voulu lui dire à quel point notre rencontre avait été si importante, inouïe pour moi. J'aurais voulu lui dire que jusqu'à ce que je la rencontre, je m'étais résigné en toute sérénité à mourir puceau, sans amour, sans chaleur, rien d'autre que la verticalité solitaire de la présence sacrée des choses.

J'aurais voulu lui dire qu'avec elle tout changeait. J'aurais voulu lui dire qu'avec elle le désir m'avait emporté comme la marée haute. Qu'un autre monde s'ouvrait à moi et que je m'imaginais dans ses bras.

Je suis avec toi, Barbara.

J'aurais voulu lui envoyer un texto à deux heures du matin.

Je pense à vous.

Non.

J'aurais voulu lui écrire des choses qu'on ne dit qu'avec un tu.

Je pense à toi. Je te lèche. Je bois dans ton sexe et dans ton regard. Je t'aime par tous tes trous. Je te griffe. Je t'emporte sans te briser. Je te cravache. Je te mange. Je te fais mal doucement, je te fais du bien. Je m'enroule autour de tes fesses, de tes hanches. Tu me dévores. Je t'arrache les cheveux avec passion. Tu me tranches les veines. Je te fais saigner. Je jouis en toi. Je t'aime. Tu me déchires à la scie. Je te dis que tu es la plus belle femme que j'aie jamais connue. Je te déshabille. Je te rhabille. Je suce tes poils. J'embrasse ton clitoris comme un anneau d'alliance. Noces de chair. Tu es mon poème d'amour. Je suis hypnotisé par ta beauté. Je te possède. Je m'enfonce en toi. Je te goûte. Je te meurtris. Tu me terrasses. Tu es mon vertige. Je suis ton lion. Frappe-moi. Tu me chevauches. Je te libellule. Ta petite culotte noire je pourrais la bouffer. J'aime ton âme. Tu jouis. Joie. Je verse du champagne sur ton ventre. Je t'adore. Nous sommes les passagers de l'abîme. Tu m'éveilles à mon corps, tu merveilles, tu m'émerveilles.

Non. Ce n'est pas ça que j'aurais voulu lui dire.

Je pourrais passer le reste de ma vie à tes côtés. J'ai envie de te faire des enfants. Épouse-moi. J'ai *envie de te quitter. J'ai envie de baiser ta sœur. Ta chevelure une lave de blé mûr. Tu es un volcan. Je te dévaste. Je t'emmènerai à la mer. On fera l'amour dans le sable. Ton style c'est ton cul tu connais ? Tu es penchée à la fenêtre de cet hôtel dans la neige qui tombe et je viens en toi. Tu jouis doucement. Ce ne sont pas des fantasmes. Nous faisons l'amour contre le frigo. Tu prends mon sexe dans ta bouche. Tes cheveux d'or tes cheveux de cendre. Tu danses. Tu te frottes à moi dans un sous-sol surchauffé. Au son d'un morceau de rock. Tu bouges ton bassin. Tu as une jupe noire et tu ne portes pas de bas résille mais des collants de grand-mère et ça te fait rire de les porter. Non. Un porte-jarretelles. Tu es tellement ***. Éthérée. Talons noirs. Tes seins oh des pommes. J'aime le nectar sucré de ton sexe. Brûlante. J'ai envie de danser avec toi. Tu es une crêpe au caramel salé. Tes yeux des flambeaux des lacs. Tu me tues. Je te prends par-derrière. Maintenant c'est toi qui es sur moi. Je te lèche. Toutes les images sont en désordre. La pornographie est fractionnée. Tu es la beauté nue. Mon ombre. Mon feu éphémère. Ma déesse ma danseuse mon étoile. Tu as goût de wakamé de tiramisu. Ta peau est bonne comme du chocolat à l'orange. Je fais avec toi ma crise d'adolescence. Mon premier amour. Je voudrais que le temps s'arrête à la minute où j'ai failli t'embrasser. Ce baiser dans ma tête a duré toute l'éternité. Tu me frôles. Mon amour entre nous il y a des années de distance. Il y a la distance entre nous pareille à tes lèvres.*

Tue-moi.
Voilà.

Tue-moi.

Barbara, tue-moi.

J'aurais voulu lui dire que j'avais envie de la déchiqueter avec les dents. Et que j'étais incapable de sortir de ma violence.

J'aurais voulu lui dire qu'elle était la première personne à qui j'étais prêt à faire confiance et à donner mon corps. Je n'avais jamais fait confiance à quelqu'un, à ce point.

J'aurais voulu lui dire que j'avais envie qu'elle soit ma vraie première fois.

J'aurais voulu lui dire que j'avais eu envie d'elle dès que je l'avais vue et que c'était vrai.

J'aurais voulu lui dire que c'était trop dur, trop, de désirer.

J'aurais voulu lui dire qu'avec elle j'avais vraiment découvert le désir. J'aurais voulu lui dire qu'avec elle j'arrivais à envisager l'acte sexuel.

J'aurais voulu lui dire que je voulais tout découvrir avec elle. J'aurais voulu lui dire que je n'ai pas eu de corps. Que je vivais sans corps. Que je ne me reconnaissais pas dans mon corps.

Et aussi que mon amour pour la poésie, c'était contre ça, contre le désespoir, contre la solitude et vers la joie, et toujours vers le corps, trouver un corps par les mots. Et que si je parlais toujours de poésie c'était dans l'espoir que toutes les millions de pensées qui traversaient mon corps, toutes les millions d'émotions qui traversaient mon corps, que parmi elles il y en aurait quelques-unes que j'arriverais à communiquer avec des mots.

Et qu'elle était arrivée.

Et qu'avec elle le monde dans lequel je vivais avait changé.

Sauf que voilà. Je n'ai rien dit.

Et maintenant je devais répondre à une question de Julien Lepers sur un roman de Dostoïevski. La lumière des spots m'environnait, Julien Lepers me regardait, et tout à coup c'est comme s'il tombait de la neige sur le plateau de *Questions pour un champion* et que les particules de poussière dansaient dans les spots comme des flocons de neige.

Le prince Mychkine.

C'était un type formidable dans le plus beau roman de Dostoïevski. C'était même mon personnage de roman préféré.

Julien Lepers me regardait avec insistance. Il attendait la réponse à la première question du jeu décisif.

J'ai répondu : « *L'Idiot* ? »

Julien a souri.

– *L'Idiot* ! Exactement !

17

Un rôti pour dimanche

Pour la deuxième question, j'ai buzzé plus vite que Renée-Thérèse.

– Que suis-je ? Un type d'aménagement de la voie publique d'où, selon Oscar Wilde, « certains d'entre nous regardent les étoiles »… Canal placé de chaque côté d'une chaussée…

J'ai tenté : « Le caniveau ? »

– Bien sûr, a confirmé Julien. Terminé ! 2-0, terminé !

Et Julien m'a regardé avec un air complice, parce qu'il m'a un peu aidé sur Dostoïevski en me faisant comprendre que c'était la fin de la question et que je pouvais appuyer.

C'était la fin du jeu décisif, maintenant je pouvais souffler.

J'étais qualifié pour la suite face à Jean-Michel. J'avais le droit de l'affronter et de décrocher mon billet, peut-être, pour la grande finale contre Michel le Super Champion.

Renée-Thérèse était déçue mais elle a eu un geste que je n'oublierai jamais. Elle m'a regardé et elle a prononcé ces mots : « J'espère que tu battras Michel. »

Elle était vraiment sympa, Mamie Thérèse.

– On s'arrête là Renée-Thérèse ! Cadeau…

Le speaker a dit :

– Renée-Thérèse ! Avec *Le Larousse de la cuisine* et le coffret « Un rôti pour dimanche », sortez des sentiers battus du repas dominical !

Je peux vous affirmer que le repas dominical, elle s'y connaissait, Renée-Thérèse. Elle m'avait parlé de ses confitures toute la matinée dans les loges.

– Avec des rôtis succulents, et des recettes goûteuses à souhait ! Pour régaler gourmands et gourmets ! Ce n'est pas tout ! Quernons.com a le plaisir de vous offrir cette boîte de chocolats, spécialité d'Angers, à la tendre et croustillante nougatine ! À déguster en famille ou entre amis !

Renée-Thérèse a fait la moue. Elle n'avait pas l'air d'aimer trop ça, les nougatines.

– Renée-Thérèse, bien sûr, a dit Julien. Une petite nougatine pour moi, non ?

– Oui ; ou pas.

Julien est devenu tout triste comme un enfant gâté à qui on refuse d'acheter un troisième jeu Nintendo.

– Ça sera possible quand même ? J'aurai droit à une nougatine ?

– Oui, a acquiescé Renée-Thérèse.

– Je vous invite à mes côtés, Renée, a indiqué Julien avec un brin de solennité.

Renée était beaucoup plus coopérative que Caroline. Elle s'est approchée de Julien avec un joli dandinement que je n'avais pas encore remarqué.

Julien a voulu refaire le match à sa façon.
– Je ne comprends pas ce que vous avez fait, parce que vous l'aviez, le caniveau ! Vous l'aviez !
– Oui, a avoué Renée-Thérèse. Mais j'étais encore dans *L'Idiot*. C'est bête.
– Ah oui, *L'Idiot*, s'est rappelé Julien. Faulkner ! Euh… Dostoïevski ! Exact !
Et puis c'est reparti pour un tour avec cette histoire de piercing qui obsédait Julien depuis le début de la journée.
– Comment appelle-t-on la pratique consistant à percer une partie du corps pour y mettre un bijou ?
Renée-Thérèse a lu les réponses.
– Réponse un le piercing, réponse deux le tatouage.
– Voilà, a conclu Julien en prenant Renée-Thérèse par l'épaule. Le piercing réponse un ! Réponse deux le tatouage ! Donc c'est vous qui jouez ! Vous connaissez le principe ! 32 43 pour vos réponses ! Il y a 1 500 euros à gagner ! Réponse deux le tatouage, réponse un le piercing ! SMS 7 10 20 ! 7 10 20 ! Merci beaucoup Renée-Thérèse d'être venue nous voir !
– Je vous en prie, a ajouté Renée-Thérèse avec la plus grande classe du monde.
Julien a continué avec beaucoup de sobriété :
– Jean-Michel est en première finale de cette première manche, face à Olivier. Lequel des deux affrontera Michel, qui joue pour une deuxième victoire…
Et il a hurlé :
– Place au jeu !

TROISIÈME PARTIE

LE FACE-À-FACE

18

Animaux, messieurs !

Jean-Michel et moi sommes arrivés sur le plateau très tendus. Bien sûr je ne l'ai pas regardé. J'étais là pour lui déchirer la gueule.

Les buzzers étaient disposés d'une façon nouvelle. Nous étions tous les deux côte à côte. Et il y avait un grand écran en face de nous avec nos têtes. On pouvait suivre la partie en direct sur l'écran.

– Alors Olivier doctorant en lettres, habitant Paris ! Qui se sélectionne pour ce premier Face-à-face…

J'ai baissé la tête, concentré au maximum. Ne surtout pas se laisser distraire par la voix de Julien. Rester concentré. À partir de maintenant, c'était de la roulette russe. Sur chaque question, il fallait être le premier à gagner par KO.

– Jean-Michel de l'autre côté, ingénieur aéronautique. Messieurs !

Je tremblais légèrement, alors j'ai appuyé tout le poids de mon corps contre le buzzer. J'étais comme en transe.

– Vingt secondes pour répondre à chaque question. À tour de rôle vous pouvez prendre ou laisser la main. Et nous allons en quinze points !

À ce moment-là, Julien s'est tourné vers le grand écran. Nos visages ont disparu et la tête de Michel le Super Champion est apparue avec sa barbichette.

— Lequel des deux affrontera Michel ! Michel, un mot sur nos deux candidats qui vont s'affronter là maintenant ?

Le Super Champion s'est caressé la barbichette et il a dit :

— Eh bien ! Disons qu'Olivier m'a beaucoup impressionné par sa rapidité dans le Neuf points gagnants et la variété de ses connaissances... Donc je le crains particulièrement !

— Oui oui, a insisté Julien.

— Mais son adversaire a fait quatre...

Michel le Super Champion nous a regardés dans les yeux par grand écran interposé. C'est comme s'il nous voyait de l'autre côté de la caméra. Il a froncé les sourcils et sa voix est devenue plus caverneuse encore, comme si elle émanait directement de sa barbichette.

J'ai regardé le Super Champion et je l'ai haï. J'ai fait provision de haine pour les minutes qui allaient suivre, les plus importantes de la journée.

— De toute façon, a commencé Michel, on n'est pas là pour s'amuser... Je veux dire ça va...

Et son visage s'est soudain déformé.

— Ça va *tchac tchac tchac*, a dit Michel le Super Champion. Ça va cogner !

— *Tchac tchac tchac ?* a demandé Julien.

— *Tchac tchac tchac !*

— Alors ça va aller très vite, a enchaîné Julien qui commençait à être désarçonné par la tournure des événements. Et ça commence maintenant. À tout à l'heure Michel ! Quinze points, c'est parti. Animaux, messieurs ! On joue !

C'était à Jean-Michel de choisir car il avait fait quatre à la suite lors de la manche précédente.

– Je prends la main, a confirmé Jean-Michel.

Ça allait être une sacrée partie.

Tchac tchac tchac.

19

Jack Lang

Cet été, j'ai révisé comme un fou.

Pour ne pas sombrer dans la folie complète – ou peut-être pour y sombrer, précisément –, j'ai mémorisé des listes entières d'informations. J'ai appris la moitié de Wikipédia par cœur. Mais je n'ai pas beaucoup avancé dans ma connaissance des autres.

Je me suis rempli la tête d'informations pour peupler ma solitude. Pour oublier l'essentiel, pour dompter l'absence et le chagrin. Comme si apprendre des milliers d'informations sans queue ni tête, peupler la mémoire était un réflexe de survie.

Quand on est triste, le cœur demande du plaisir, vite du plaisir. Et n'en trouve pas.

Je me suis confectionné un abri, un bunker dans la mezzanine de mon appartement. J'ai percé des trous dans les cloisons de l'appartement. J'ai fixé des chevilles, et à ces chevilles j'ai accroché des rideaux opaques qui ne laissaient plus passer une seule parcelle de lumière. J'étais dans le noir complet. J'étais reclus dans la solitude de ma mezzanine nuit et jour.

J'y ai passé tout l'été. Je regardais des films sur un vieux poste de télévision des années 60 et je révisais. Je devais me farcir la mémoire de choses. Le plus de choses possible, pour oublier tout le reste.

C'était un été très chaud, j'étais en nage dans ma mezzanine sous les toits. Je me suis nourri essentiellement de gazpacho espagnol Alvalle acheté au supermarché G20 à 3 euros 49 la brique.

Un soir j'étais dans ma mezzanine quand j'ai entendu un fracas épouvantable. J'ai pris une paire de chaussettes et je suis allé me battre contre les cambrioleurs. Je me suis dirigé à pas de loup vers la salle de bains. Ce n'était pas du tout un cambrioleur, mais le grand miroir de la salle de bains ; j'avais collé le miroir sur le mur avec de la glu, à la hâte. Le miroir était tombé sur le lavabo et s'était brisé en mille morceaux au sol.

J'ai constitué des listes sur tout. J'ai appris les prix Nobel de la Paix, les dates de naissance des scientifiques célèbres et même les AOC des fromages. Si jamais je tombais sur une question « Gastronomie », je savais que le premier indice donné par Julien serait certainement la date de l'AOC du produit. Je n'avais qu'à apprendre la date de toutes les AOC. Il suffisait de mettre un peu de méthode pour optimiser mes chances de vaincre.

Je suis allé dans un club *Questions pour un champion*, dans le Ier arrondissement de Paris. Je m'y suis entraîné pendant plusieurs semaines avec des spécialistes des jeux télévisés. J'ai appris comment appuyer après sept secondes et demie, parce qu'à partir de huit secondes la « main passe » et que vous n'avez que huit secondes pour répondre à « 4 points ».

J'ai récupéré des questionnaires au club de Paris Ier. Je travaillais quatorze heures par jour. Wikipédia me fournissait des listes entières : celles des points culminants des pays, la superficie des mers du globe, les vainqueurs de la Palme d'or depuis 1955. Si on me demandait une année, je connaissais tous les vainqueurs du championnat du monde de Formule 1 et du Paris-Dakar depuis leur création. Cela pouvait aider.

Pour réviser, j'enregistrais moi-même les listes à voix haute sur mon mp3, comme je le faisais avec les *Illuminations* de Rimbaud. J'écoutais ces listes en boucle en me promenant plusieurs heures dans Paris. Ainsi, j'ai appris la liste de tous les points culminants des départements français en faisant cent trois fois le tour de la place des Vosges par une nuit d'été. Je classais les points culminants des départements par altitude décroissante. Je partais de la Haute-Savoie (mont Blanc) et j'allais jusqu'à Clipperton et la Loire-Atlantique (colline de la Bretèche).

Un soir j'ai croisé Jack Lang près de la place des Vosges. Il ne m'a pas vu. Je l'ai regardé et j'ai murmuré :

– L'Aude. Point culminant : pic de Madrès.

Un soir, j'étais assis aux toilettes dans mon grand appartement mansardé – je pisse assis, je suis les conseils de Julien Lepers qui défend cette idée du savoir-vivre masculin dans son livre *Les Mauvaises manières, ça suffit*.

J'avais mon casque sur les oreilles et je révisais la liste des inventions célèbres et de leurs inventeurs. Baladeur mp3 : Diamond.

Frisbee : Morrison et Francioni. Monopoly : Elizabeth Magie et Charles Darrow. Monsieur Patate : George Lerner. Mots croisés : Arthur Wynne...

Mon regard errait sur une affiche placardée sur la porte des WC. Sur cette affiche il y avait le dessin des principaux arbres de Paris, l'arbre de Judée (*Cercis siliquastrum*), le robinier (*Robinia pseudoacacia*) qui est le plus vieil arbre de Paris ou encore le bel oranger des Osages (*Maclura pomifera*) que l'on trouve au Champ-de-Mars.

J'étudiais distraitement ces arbres que je connaissais par cœur, et puis j'ai baissé les yeux et je suis tombé sur mon sexe. J'ai regardé pendouiller cette chose surprenante, et je l'ai perçue soudain comme un truc fripé, tout à fait extérieur à moi et somme toute assez inutile. Pourquoi cette chose vaguement tubulaire dans mon anatomie, plutôt qu'une autre ?

Et là, je ne sais pas pourquoi, mais j'ai aussi pensé au mot : « Anthropologie ».

Je regardais mon sexe avec curiosité et je pensais : Anthropologie. J'étais dans un état physique proche de l'épuisement, en hypoglycémie avancée car je n'avais pas encore bu mon gazpacho Alvalle ; les pensées les plus bizarres me traversaient la tête, et je n'arrêtais pas de penser au mot Anthropologie.

Et puis j'ai visualisé : En trop, en trop. En trop peu l'eau gît. En trop-ologie. J'ai pensé : Voilà, l'homme, c'est ce qui est en trop. Anthropologie. Anthropologie, anthropologie, anthropologie !

Je me souviens avoir songé avec une sorte d'euphorie morbide : il suffirait d'un coup de ciseaux… Je me débarrasserais d'un appendice aussi idiot ! Un crochet surnuméraire, une pièce de trop dans un kit Ikea, ce petit bitoniau inutile dont on ne sait pas quoi faire, une fois que l'étagère est montée ?

Je me demandais sérieusement ce que je devais faire avec cette chose-là. J'ai chassé cette pensée et je me suis replongé dans les fleurs splendides du robinier et les branches étonnantes de l'arbre de Judée.

Et une chose très claire s'est dessinée dans mon esprit : je devais gagner.

Pour moi, c'est Julien Lepers ou la mort.

20

Place de l'Opéra

Ça a bien commencé contre Jean-Michel. Il avait la main mais il n'en a pas profité pour appuyer en premier et avoir quatre points.

– Top ! Animal auquel le chroniqueur Homéric consacre un dictionnaire amoureux en 2012, j'ai joué un rôle de premier plan dans l'épanouissement des civilisations…

C'était la fin de la première phrase. C'est à ce moment-là qu'il faut appuyer, car le début de la deuxième phrase signifie que la « main est passée » à l'autre joueur.

– Mammifère ayant été domestiqué en Asie centrale il y a plus de cinq mille ans, je suis, lorsque je suis destiné à la reproduction, désigné… Oui ?

J'ai suivi mon intuition : « Le cheval ? »

– Le cheval bien sûr !

Il n'y avait pas de piège. C'était important de prendre l'avantage tout de suite. Sur un Face-à-face en quinze points, un mauvais départ pouvait être fatal.

Julien a poursuivi :

– Architecture ! 3-0 !

J'ai dit : « Je prends la main. »

– Place de Paris ! Place de Paris aménagée sous le Second Empire, un décret de 1860 impose aux façades des immeubles qui m'entourent…

Je n'avais pas la réponse. J'ai préféré ne rien répondre. Ça diminuait le temps de réflexion pour l'adversaire et l'empêchait de trouver dans les secondes qui suivaient.

– À cheval sur les IIe et IXe arrondissements, je m'ouvre en éventail sur quatre grandes artères, dont le boulevard des Capucines, le boulevard des Italiens…

Jean-Michel ne semblait pas avoir la réponse. J'ai attendu que la petite lumière, qui indique que c'était mon tour de répondre, s'allume en face de moi. Une lumière terrible m'a aveuglé. Ça signifiait que j'avais la main et que je pouvais tenter ma chance.

J'ai lancé en toute assurance : « Place de l'Opéra ! »

– Vous dites ?

Julien avait une petite ruse pour faire monter l'adrénaline. Il nous faisait répéter la réponse comme s'il n'était pas sûr que ce soit la bonne.

J'ai répété : « La place de l'Opéra ! »

– Voilà, place de l'Opéra ! Place de l'Opéra, 5-0 ! Et culture générale !

Julien a fait une pause pour lancer le célèbre « indice » qui s'affiche sur l'écran quand on regarde l'émission chez soi.

– Culture générale c'est pour vous, les candidats n'ont pas l'indice, et vous jouez chez vous !

Bien sûr, quand on est candidat, on ne dispose ni de l'indice ni du chronomètre. On est à l'aveugle comme un catamaran dans la nuit noire, et les balises de la côte se sont éteintes au moment d'arriver dans le chenal de la mort. Il faut croire en sa bonne étoile et garder la tête froide ou aller s'empaler sur les récifs.

– Je prends la main, a dit Jean-Michel.

Il y avait 5-0 et c'est à ce moment-là que Jean-Michel a essayé de tricher pour revenir dans le match. Je ne lui en veux pas. À ce niveau de la compétition, tout est permis et on est au-delà du bien et du mal. Mais quand même.

Un objet.

– Top ! Objet ! Quel est cet objet imprimé soumis au dépôt légal depuis le 29 juillet 1881 ? Mon format actuel standard correspond au format A6… À l'origine monopole des Postes, j'étais utilisé au quotidien pour envoyer un message court afin de fixer par exemple un rendez-vous…

C'était évident depuis le début de la question mais je n'avais pas la main. J'attendais que la lumière s'allume mais la lumière ne venait pas. J'appuyais sur le buzzer mais rien ne se passait.

Julien Lepers continuait, sans se rendre compte de la catastrophe naturelle qui était en train de troubler l'équilibre écologique du jeu :

– Ayant acquis mes lettres de noblesse lors de l'Exposition universelle de 1889 avec une illustration de la tour Eiffel, je suis un moyen de correspondance collectionné par les cartophiles…

Jean-Michel a eu une illumination sans se rendre compte de ce qui se passait. Il a essayé d'appuyer et il a crié :
– La carte postale !
Bien sûr que c'était la carte postale. Mais les machines ne marchaient plus. La production a fini par s'en rendre compte et le match a été arrêté pendant quinze minutes.

J'en ai profité pour retourner aux toilettes. Je n'ai pas regardé les candidats. Au passage, j'ai pris une madeleine et je l'ai trempée dans du coca.

En revenant sur le plateau, j'ai aperçu Michel le Super Champion, qui était en train de se préparer pour la finale qui allait suivre. Il me tournait le dos et avait l'air lui aussi préoccupé par cette panne technique qui retardait gravement le combat à venir. Il était isolé dans un recoin du plateau, avec une oreillette qui lui permettait d'intervenir quand Julien lui demandait son avis sur ses futurs adversaires. Assis sur un tabouret face à une caméra, il avait l'ordre de ne pas bouger. Cela avait l'air extrêmement inconfortable. En même temps, j'ai pensé qu'il avait été informaticien toute sa vie et qu'il devait être habitué à rester assis en face d'un écran.

J'ai détourné le regard de Michel. J'étais concentré. J'ai passé mon chemin sans lui adresser la parole. Au centre du plateau, les machines étaient réparées. Le corps arbitral a décidé d'accorder deux points à Jean-Michel (que vous ne devez pas confondre avec Michel le Super Champion, chers lecteurs) car il avait donné la bonne réponse.

Si vous êtes perdus entre Jean-Michel et Michel depuis le début de cette histoire ce n'est pas ma faute, c'est la faute de Marie-Victoire et de *Questions pour un champion*. Et des gens qui s'appellent Michel et Jean-Michel.

C'est l'inconvénient des histoires qui ne sont pas de la fiction ; elles sont bizarres et bancales comme le réel.

J'ai farouchement contesté cette décision, tout en essayant de rester le plus courtois possible pour ne pas indisposer les arbitres. La partie était encore longue. J'ai fait état de ce que les buzzers ne marchaient pas afin que la question soit annulée, mais le corps arbitral a décidé de laisser les points à Jean-Michel.

Jean-Michel a vraiment poussé le vice. Il a prétendu, carrément, qu'il avait la réponse à quatre points, dès le début de la question. Ce qui était faux. S'il y avait bien quelqu'un qui avait la réponse à quatre points, c'était bibi.

Il commençait vraiment à m'énerver, Jean-Michel. J'aurais préféré jouer tout seul, mais ce n'était pas envisageable. Il fallait que je supporte les tricheries de ce compagnon de jeu. Quand j'étais petit, je préférais déjà jouer tout seul ; au moins, j'étais sûr de gagner.

21

Pénalty pour Sochaux !

Mes parents étaient des fonctionnaires qui n'avaient pas l'air de très bien fonctionner. Ils étaient tous les deux professeurs de maths. Mais ma mère s'intéressait à l'art contemporain et à la botanique, tandis que mon père était passionné de voile et de randonnée. Ils avaient la nature en commun, heureusement ! Mais forcément, chaque sortie finissait par mal tourner. Ma mère voulait passer des heures à identifier une orchidée, tandis que mon père brûlait de faire le tour de la forêt en moins de trois heures. Et même à la mer ou à la montagne, le dilemme entre botanique ou randonnée finissait par se poser.

Chaque promenade était épique. Depuis, j'ai une sainte horreur des promenades en forêt. Ou alors, tout seul et je choisis mon camp à l'avance : soit je vais courir, soit je regarde les petites fleurs. Mais faire les deux en même temps, ça, je ne pourrai plus jusqu'à la fin des temps. C'est vraiment une torture !

Bon, je dois reconnaître une chose à mes parents : ils m'ont appris très tôt à nommer les oiseaux, à être performant en calcul mental et à comprendre la bijection d'un ensemble de départ X dans un ensemble d'arrivée Y. C'est déjà pas mal ! À part ça, ils passaient leur temps à se faire la gueule. J'aurais préféré qu'ils se crient dessus, au moins ça aurait été marrant : comme les soirs de multiplex de foot sur Europe 1, que j'écoutais dans ma chambre, quand les journalistes s'interrompaient joyeusement les uns les autres, et que le type de Cannes hurlait sur le mec de Caen, et pendant ce temps le type de Nantes s'égosillait : « Pénalty pour Sochaux ! » et à ce moment-là la radio manquait d'exploser : « Ouverture du score au Vélodrome ! »

J'ai toujours trouvé que mes parents avaient un fonctionnement bizarre, mais à l'époque je pensais que c'était partout pareil. Enfin, là, ils étaient quand même bien paumés. Ils avaient l'air d'être très malheureux ensemble. J'aurais bien voulu faire quelque chose pour eux mais je manquais d'imagination.

Finalement, Jean-Michel a eu gain de cause et le corps arbitral lui a octroyé deux points.

– La carte postale, 5-2 ! Santé-médecine !

J'avais les crocs. Il fallait que je me fasse justice moi-même. Je suis resté concentré.

– Je prends la main !

Tout donner. Je devais immédiatement montrer qui était le maître à bord.

– C'est pour vous, d'accord. Top ! Organe ! Organe renfermant dans mes tissus des cavités où se produit le processus de l'hématose...

J'ai un peu paniqué à cause de la question précédente et du micmac énigmatique. J'ai essayé : « Le foie ? »

– Ça, c'est non, a réfuté Julien, un peu étonné que je tombe dans le panneau. Top ! J'ai une fonction essentielle dont la capacité peut être mesurée par un spiromètre… Oui !

– L'os, a proposé Jean-Michel.

– Vous dites l'os ? Un os ?

– Oui, l'os !

– C'est non…

– La moelle osseuse ! a essayé de se rattraper Jean-Michel au dernier moment. En grugeant encore. Ce type était sans vergogne, sans scrupules.

– C'est non ! Au nombre de deux, séparés l'un de l'autre par le médiastin, je repose sur le diaphragme…

Cette fois, Jean-Michel avait laissé passer sa chance. J'ai vu la lumière s'allumer et j'ai bondi comme le guépard sur la blanche gazelle.

J'ai crié de toutes mes forces : « Les poumons ! »

– Bien sûr, a validé Julien. Le poumon ! Il a raison Olivier, c'est le poumon ! 8 à 2 ! Organe de la respiration situé dans la cage thoracique ! Le poumon !

Jean-Michel a fait un bruit épouvantable avec ses lèvres et s'est plié en deux comme un phoque qu'on harponne.

8 à 2. J'ai respiré la vie à pleins poumons.

22

La bourrache

– 8-2 ! Gastronomie ! a dit Julien.
– Je prends la main, a indiqué Jean-Michel.
– Top ! Plat typique d'une région française, dont le nom signifie littéralement « four du boulanger », ma préparation s'étale…
– Baeckeoffe !

Jean-Michel avait de la bave qui coulait au coin des lèvres.

– Exactement ! Le baeckeoffe, a précisé Julien. Le baeckeoffe ! Pommes de terre, légumes, viande de porc, du bœuf ! Du mouton, de l'oie ! Cuit longuement avec des aromates et du vin blanc, c'est le plat traditionnel alsacien !

J'ai regardé les scores sur l'écran : 8-6. Le premier qui arrivait à quinze points avait gagné. À partir de maintenant ça pouvait aller très vite.

Je suis resté concentré. Et ça a enchaîné :
– Botanique !

Botanique. J'ai jubilé intérieurement. C'était mon péché mignon, la botanique. J'étais imprenable.

Hypnum cupressiforme. Polytrichum formosum. Dicranum scoparium. L'hypne cyprès qui couvre d'un lourd velours le tronc des arbres. Le polytric élégant qui tapisse les rochers et ressemble à une forêt de lianes tropicales, et le dicrane en balai, une très belle mousse avec de minuscules poils fins comme des pinceaux. J'apprenais ces noms sous la houlette de ma mère, et un vieil ami botaniste nous accompagnait ; ma mère était très fière de moi.

On allait souvent en forêt ; ma mère m'emmenait avec elle et me montrait des mares, des plantes, et aussi une route qui traversait la forêt ; elle m'a avoué un jour qu'elle s'était allongée sur cette route en attendant que les voitures viennent ; on restait avec ma mère jusqu'à la nuit tombée, et ma mère disait des choses sur la pleine lune et sur les nuits de pleine lune. La nuit, affirmait ma mère, arrive toujours par-derrière sans qu'on s'en aperçoive. Quand on rentrait, je ne savais pas qui de nous trois était le plus triste : la lune, ma mère ou moi.

– Botanique, messieurs ! Jean-Michel ?

Je suis sorti de ma rêverie. J'ai combattu ma peur. Je suis resté concentré. Ce n'était pas le moment de penser à la lune.

– Je prends la main, a dit Jean-Michel.

– Top ! Plante également appelée langue de bœuf, connue pour mes vertus sudorifiques...

Sudorifique. Oui, une plante qui fait transpirer. Je voyais très bien.

– Je donne des fleurs bleues en forme d'étoile...

Jean-Michel avait la main. J'ai jeté un œil sur l'écran et je l'ai vu perdu dans sa réflexion, son sourcil avait recouvert ses yeux et sa bouche ressortait d'un trou situé au-dessous du menton.

– Parfois utilisée en cuisine, je suis également très mellifère…

Mellifère ? Et si c'était la mélisse ? Non. Rester sur ma première intuition.

La lumière s'est allumée. C'était à moi de répondre.

J'ai déclaré : « La bourrache ! »

– Oui, a approuvé Julien visiblement aux anges.

11 à 6. Ça sentait bon.

– C'est la bourrache ! Exactement ! Je suis une plante qui doit son nom aux poils ! Vous savez, ces poils rudes ! De mes tiges et de mes feuilles ! Autrefois utilisés comme bourre ! C'est de la bourre ! J'appartiens à la famille des boraginacées !

Julien ne s'arrêtait plus. Apparemment il adorait les poils de la bourrache. Il a fait un petit mouvement avec les hanches et il a jeté ses fiches jaunes en l'air comme s'il dansait un slow très lent et que son cavalier c'était le chanteur Dave.

Il a rugi :

– La bourrache ! Il est bon ce candidat ! Il a quoi vingt-trois, vingt-quatre ans ?

Vingt-cinq, mais je n'ai pas répondu. J'ai gardé la tête baissée. Ce n'était pas maintenant qu'il parviendrait à me déconcentrer.

Julien a regardé Jean-Michel avec une pointe de sarcasme.

– Gna gna gna, a grommelé Jean-Michel.

Son cerveau était en sang. Je le voyais de plus en plus affaissé sur son buzzer. Il dégoulinait comme une vieille faisselle qui s'égoutte. C'était bien parti. Je n'avais plus qu'à planter les dernières banderilles.

23

Canet-en-Roussillon

Il n'était pas question de perdre.
– La bourrache ! 11 à 6 et littérature. C'est pour Olivier !

J'ai dit : « Je prends la main. »

– Top ! Pseudonyme dont le patronyme signifie « braise » en russe, je figure sur la couverture de quatre romans publiés de 74 à 79 au Mercure de France…

Je ne l'ai pas eu tout de suite. La lumière s'est éteinte et « la main est passée ».

– Un temps associé à Paul Pavlowitch, un parent de l'auteur qui devint même le héros de l'autobiographie intitulée *Pseudos*, j'ai…

Je suis resté concentré. La lumière m'a aveuglé.

– Oui ?

J'ai tenté : « Émile Ajar » ?

– Émile Ajar, bien sûr ! Quelle personnalité ce Romain Gary, étonnant ! Vous l'avez étudié, vous qui aimez la littérature ! Je permets à l'écrivain qui me portait de recevoir une deuxième fois le prix Goncourt !

La Vie devant soi d'Émile Ajar était mon roman préféré. Mme Rosa, qu'est-ce que j'aimais Mme Rosa.

J'ai lu *La Vie devant soi* à l'adolescence et c'est le premier roman où la littérature m'a parlé de la vraie vie, et ne m'a pas uniquement fait rêver, ou emporté vers des ailleurs. Mme Rosa, c'était la même chose que ma grand-mère Josefa.

C'est à cause de Josefa que je ne peux pas abandonner le match. Je dois tout faire pour gagner. Je lui ai fait une promesse. J'ai promis à Josefa que si je gagnais à la télévision, je dirais que c'était grâce à elle, que c'était elle qui m'avait tout appris.

Dès que je peux, je vais déjeuner avec Josefa. Avec elle, on parle une langue étrange. On se comprend, mais comme elle est arrivée sur le tard, son français se mélange à des mots d'espagnol. Du coup, elle ne parvient pas toujours à se faire comprendre. Quand elle a sa famille au téléphone, ça devient du n'importe quoi. Elle ne sait plus très bien parler espagnol non plus, alors elle baragouine un mélange des deux. Elle et moi, on parle un idiolecte, une langue rien que pour nous. J'imagine que c'est le rêve des poètes ou des écrivains, d'inventer une langue rien qu'à eux ; ma grand-mère l'a fait sans rien demander à personne.

Josefa, depuis que son mari est mort de la cigarette, comme elle dit, habite en banlieue parisienne dans une résidence pour seniors. Depuis que je suis passé à *Questions pour un champion* au printemps, elle est devenue une star dans l'immeuble.

Elle n'est plus considérée comme une immigrée mais comme « la grand-mère du champion ». Et on ne lui demande plus de faire le ménage ou de recoudre un bouton, on vient la voir pour lui offrir des fleurs.

La première fois qu'elle m'a vu à la télévision, elle m'a appelé tout de suite après l'émission pour me dire :

– Qu'est-ce que tout l'es beau ! Qu'est-ce que tout l'as maigri dans la télévision !

Elle s'est beaucoup inquiétée de savoir si j'avais été bien nourri là-bas, chez Julien.

Elle m'a raconté que sa voisine, Mme Roland, a regardé toutes les émissions avec elle et applaudissait à chaque bonne réponse.

Tous les jours, il y avait une nouvelle émission et Mme Roland venait regarder la télé avec Josefa. À la fin, tout l'immeuble était dans le salon de ma grand-mère pour m'encourager.

Il y a quelques jours, quand elle a appris que je participais aux Super Champion, Mme Roland est venue la voir pour lui dire qu'elle partait à Lourdes et qu'elle déposerait un cierge pour ma grand-mère et pour moi.

Le coup de Lourdes, ça l'a beaucoup amusée, Josefa. Elle m'a appelé pour me raconter et elle a claironné : « Peut-être que je vais devenir une sainte, comme la Bernadette ! »

Même qu'elle a expliqué à Mme Roland qu'elle n'était pas une sainte. Mais qu'elle mettrait aussi des bougies pour moi. Et Josefa qui ne croit en Dieu que quand ça l'arrange a allumé des bougies dans sa cuisine pour que je gagne.

Elle a dit à Mme Roland : « Une sainte, moi, tu parles ! »

Mais Mme Roland n'a rien voulu savoir, elle considère ma grand-mère comme une sainte et elle est partie déposer des cierges à Lourdes.

Je ne peux pas abandonner. Pas maintenant. Je me demande si ce n'est pas grâce à Mme Roland et à son pèlerinage à Lourdes que je suis arrivé jusqu'ici contre Jean-Michel. En tout cas, les bougies de Josefa ça ne peut pas faire de mal.

– 13 à 6 ! Un prénom !

– Je prends la main, a souligné Jean-Michel comme s'il jouait au tennis et qu'il décidait tout à coup de servir à la cuillère pour me déstabiliser.

Julien a fait le bilan :

– Olivier est à deux points de la manche.

Jean-Michel a renâclé.

– Top ! Prénom masculin fêté le 4 octobre, je me suis d'abord répandu en Italie sous la double influence d'un saint et des échanges culturels et commerciaux avec un pays voisin…

J'avais des lacunes en saints italiens, mais j'avais tout de même ma petite idée. Jean-Michel était à des années-lumière.

– Côme, a tenté Jean-Michel.

Julien Lepers a commencé à douter sérieusement des capacités intellectuelles de Jean-Michel. Il lui a fait répéter.

– Côme ?

– Côme, a réaffirmé Jean-Michel.

– Côme ??
– Côme, a bafouillé Jean-Michel.
– Non !!!
– Non, a dit Jean-Michel sur un ton suppliant…
Julien n'a montré aucune pitié.
– La main passe !!!! Top ! Courant en France dès le XVe siècle, porté par Fénelon, Arago, Couperin… Oui ?

Couperin ! J'ai passé mon bac au lycée Couperin, le bac infernal que je repasse si souvent en rêve. Si cet homme n'a pas changé de prénom, c'était dans la poche. Et puis je me suis souvenu de Mme François, qui m'a appris la différence entre un émigré et un immigré et qui s'énervait quand je ne comprenais pas le « bon point de vue ». Une femme de la trempe de Mme François ne pouvait que me porter chance.

Mme François…

J'ai proposé : « François ? »

– C'est oui ! Voilà, terminé ! Et c'est gagné ! Olivier est en finale !

J'ai respiré l'air des cimes et j'ai pensé très fort à Mme François.

Aussitôt le grand écran est apparu avec la tête de Michel le Super Champion.

– Michel, on va se régaler, parce que l'affiche est belle ! Michel ça y est ! Ça sera Olivier ! Qu'en pensez-vous Michel ?

Michel s'est tripoté la barbichette.

– Eh bien ce qui était prévu arrive… Donc je peux dire que je suis prêt ! Après…

– Pas très à l'aise quand même, pour tout à l'heure ! On verra bien, écoutez ! C'est un jeu de toute façon…

– Ouais, a lâché Michel, pas convaincu.

Et pour cause.

On était là pour tuer. Jeu ou pas jeu.

– Il y a rien à perdre et il y a tout à gagner, a sagement conclu Julien. À tout à l'heure, Michel !

Julien est revenu vers le cadavre de Jean-Michel.

– Cadeau, Jean-Michel !

La voix du speaker s'est élevée comme une oraison funèbre :

– Jean-Michel, Larousse a le plaisir de vous offrir un lot d'ouvrages sur l'art, le design et la peinture ! Véritable visite guidée pour redécouvrir et comprendre les œuvres les plus marquantes de notre histoire…

Jean-Michel n'avait pas l'air emballé par les livres de peinture. Il n'a pas fait le moindre geste.

Le speaker a continué :

– Ce n'est pas tout, à Canet-en-Roussillon vous profiterez de la plage, d'espaces bien-être et d'installations festives et sportives dans un parc exotique de douze hectares !

Julien a essayé de consoler Jean-Michel qui reconstituait peu à peu sa masse graisseuse.

– C'est beau Jean-Michel ! Allez, on se serre la main !

Jean-Michel m'a tendu un moignon de main suant. Je lui ai serré la main d'un geste de patron de grande surface qui congédie la caissière portugaise.

Maintenant il allait falloir se ruer dans la bataille. J'en avais encore un peu sous le pied, pour la finale contre Michel le Super Champion.

– Et en attendant le Face-à-face final, vous pouvez gagner 1 500 euros ! Il y a quelqu'un parmi vous dans, je ne sais pas… une demi-heure ! Qui va gagner 1 500 euros ! Tiré au sort parmi les bonnes réponses à cette question-là !

Cette fois-ci, Julien n'a pas appelé Jean-Michel à sa rescousse. Il a posé sa question favorite.

– Comment appelle-t-on la pratique consistant à percer une partie du corps pour y mettre un bijou ? C'est le piercing ? Réponse un. C'est le tatouage ? Réponse deux. 32 43 pour vos réponses ! Allez-y maintenant ! 32 43 ! Ou par SMS au 7 10 20 !

Il s'est encore tourné vers Jean-Michel.

– Jean-Michel on s'est bien battus, il n'y a pas de regrets hein !

– Pas de regrets, a terminé Jean-Michel en avalant sa salive.

– Bah oui, c'est comme ça ! Il est bon hein, cet Olivier ! Et ça va être un Face-à-face passionnant qu'on va vivre maintenant en 21 points ! Olivier va tout faire pour battre Michel ! Et Michel joue ce soir, il ne va pas se laisser faire, il ne va pas se laisser manger tout cru, il va jouer pour une deuxième victoire !

Julien tel un sanglier en rut qui se débattrait avec une femme de petite vertu à la pilosité rousse, a hurlé :

– Place au jeu !

QUATRIÈME PARTIE

LA FINALE

24

Un treizième café

Tout s'est enchaîné très vite. J'étais face à mon destin. Je suis repassé dans les loges, je suis retourné aux toilettes. En passant, j'ai pris une madeleine et l'ai trempée dans du coca.

J'ai profité des retouches maquillage de Michel pour aller boire un treizième café et je suis revenu sur le plateau pour le grand affrontement. Quand je suis arrivé, Michel était déjà là. Je n'ai pas regardé le Super Champion. J'ai levé les bras et j'ai fait le geste de la foudre, comme le champion d'athlétisme Usain Bolt. Michel le Super Champion m'a jeté un drôle d'air. J'ai feint de l'ignorer.

J'étais dans mon match. Pour gagner, il fallait que je reste concentré. Que je me barricade dans ma forteresse intérieure. « Autour de ses secrets elle a bâti une forteresse », ça vous dit quelque chose ? Moi, autour de mon savoir j'ai bâti une forteresse. Comme dans *Twin Peaks*, la série de David Lynch. L'agent Cooper cherche à savoir qui a tué Laura Palmer, une jeune femme sans histoire. Peu à peu, on découvre qu'elle a des secrets.

Un excentrique psychiatre, le Dr Jacoby, est interrogé par l'agent Cooper. Il a l'air louche et à moitié fou. Il parle du Tibet, de Hawaï et de tout un tas de trucs bizarres.

À un moment, le Dr Jacoby explique que Laura avait des problèmes. «Des problèmes de nature sexuelle?», demande l'agent Cooper. «Tous les problèmes sont de nature sexuelle», répond le Dr Jacoby. Il ajoute – et là ça devient intéressant – que Laura prenait de la drogue. «Pas du gingembre, mais de la cocaïne. À Hawaï on prend du gingembre pour soigner les problèmes. Et Laura Palmer aussi cherchait un remède. Alors elle se droguait».

Le Dr Jacoby est vraiment étrange, et l'agent Cooper commence à en avoir marre: «La drogue c'est de la merde, rien à voir avec le gingembre.»

Le psychiatre réplique que personne ne comprend les secrets d'un être. «Surtout pas d'une adolescente. Laura avait ses secrets et autour de ses secrets elle a bâti une forteresse.»

C'est l'image juste. Exacte. Quand on ne peut pas parler, on construit des forteresses. Ma forteresse à moi est faite de solitude et de colère. Ma forteresse à moi est faite de poésie et de silence. Ma forteresse à moi est faite d'un long hurlement. Ma forteresse à moi est imprenable. Et j'en suis le prisonnier.

C'est ça que j'aurais voulu dire à Julien Lepers: «Vous ne savez pas ce que c'est. Je suis enfermé derrière un mur de politesse. Attaché et bâillonné. Dans un monde sombre et silencieux, où seule pousse la colère.»

Michel le Super Champion s'est mis un peu en retrait du plateau pour soigner son entrée triomphale en direct.

Ils ont tout préparé, les buzzers et à nouveau le grand écran en face de nous. Je me suis installé à mon poste. Michel attendait dans la pénombre. Et puis j'ai entendu un technicien qui disait : « 3, 2, 1. » Marie-Victoire a surgi pour pousser Michel dans le dos en lui disant d'y aller. Une musique tonitruante a retenti avec le *jingle* de l'émission, le chauffeur de salle chauve avec une tache de naissance dans le cou a arrêté de raconter des blagues au public et tout le monde a applaudi à tout rompre.

Michel le Super Champion s'est avancé dans la lumière.

25

La laque Elnett

– Olivier est en finale ! Souhaitons-lui bonne chance ! Reste pour lui une dernière épreuve, affronter notre Super Champion qui lui rêve déjà d'une deuxième victoire ! Accueillons maintenant sur notre plateau notre Super Champion, Michel !

Michel est arrivé dans une atmosphère étouffante, électrique. Il y avait des couleurs partout et un déluge de lumières qui m'aveuglaient comme dans une boîte de nuit à Clermont-Ferrand. Tout changeait de couleur en permanence comme si le monde avait été un vaste caméléon.

Julien était très excité :

– Voilà ! Michel très applaudi, on se serre la main bien sûr !

Je n'aime pas trop serrer la main à des inconnus, mais bon, exceptionnellement. Et puis ça m'a fait sourire, cette mise en scène virile.

Être un homme. Ce n'est pas quelque chose de naturel pour moi. Parfois j'ai des fantasmes où je suis une femme. Dans ce fantasme j'aime qu'on me lèche doucement le clitoris. Qu'on ne me suce pas comme on suce un homme mais comme on suce une femme. Je rêve qu'on me suce avec beaucoup de délicatesse comme si j'avais une petite framboise de lave. Je voudrais aussi tomber enceinte tout en restant un homme. Au collège je me coiffais avec de la laque Elnett qui appartenait à ma mère, je me mettais de la laque dans les cheveux. Je trouvais ça tout de même beaucoup plus beau que le gel poisseux que se mettaient les garçons. Avec le temps va, tout s'en va, comme disait Aristote à Platon, et j'espère qu'un jour je vivrai en bonne entente avec mon sexe masculin.

Serrons-nous la main, le combat va être musclé. On s'enculera pour oublier tout ça pendant la troisième mi-temps et on se prendra une bonne bière.

Julien n'a pas lâché l'affaire :

– On se serre la main bien sûr !

Je me suis avancé vers Michel le Super Champion.

Mais au dernier moment, je n'ai pas serré la main de Michel. Ou plutôt si, je lui ai serré la main mais en le regardant d'un air de dire : « Je ne t'ai pas encore tué, mais sache que dès que j'en aurai la possibilité, tu seras un homme mort. »

Julien transpirait.

– Michel, avec un match à haute tension ! Donc Michel ! Ah ! Encore un dernier mot sur ce que vous avez vu depuis le début du match !

– Bah la rapidité, a avoué Michel. Et puis l'étendue des connaissances…

– C'est vrai qu'il a tout ! Il a les qualités, hein ??

– Il a oui oui oui, a glapi Michel.

– Pour vous faire très mal, Michel !

— Ça peut faire très mal, a confirmé Michel le Super Champion. Qui n'en pensait pas moins.

— Michel qui joue pour une deuxième victoire ! Michel, que faisiez-vous avant d'avoir levé le pied ? Parce que maintenant, on fait autre chose ! Vous étiez dans l'informatique ?

— Oui, l'informatique de gestion !

— D'accord ! Et je rappelle quand même que l'année dernière, Michel, cinq victoires consécutives ! Il a décroché une cagnotte de 32 000 euros, Michel ! Donc le fait qu'il soit là, ce n'est pas innocent !

— C'est pas innocent, a grogné Michel.

— C'est qu'il le mérite tout simplement ! Donc Michel est dans ce Face-à-face final ! Et très accroché sans doute par Olivier, qui va tout donner ! Olivier et Michel, messieurs, on se regarde droit dans les yeux et on se souhaite : « Bonne chance, camarade ! »

— Bonne chance, j'ai marmonné.

— Bonne chance, a dit Michel.

Julien a rappelé les règles. Pour la grande finale, le premier arrivé à 21 points décrochait le Graal du titre de Super Champion.

— Et nous allons en 21 points ! Animaux c'est pour vous. Le jeu ! Ça commence ! Monsieur ?

Julien m'a regardé. Il me donnait du monsieur, à nouveau. J'avais le privilège de choisir en premier car j'étais le challenger du Super Champion.

— Je prends la main, ai-je articulé.

— Top ! Association française qui fête cette année ses cent ans…

Qui fête ses 100 ans. Association française… Je ne suis pas tombé dans le piège de la SPA. C'était gros comme une maison.

La SPA, c'était beaucoup plus ancien.

Julien a continué :

— J'ai été reconnue d'utilité publique en 86 ! Créée à l'origine pour mettre un terme… Oui ?

J'ai pensé à la petite mésange qui venait picorer de la margarine sur le bord de la margelle de la cuisine quand j'étais petit.

J'ai risqué : « La LPO ? »

— LPO, très bien ! a confirmé Julien.

Michel a fait une petite moue dans le grand écran signifiant qu'il l'aurait trouvée sans problème. Oui, mais voilà, c'est moi qui avais la main.

— LPO ! Donnez-moi la LPO ! LPO ! Ligue de… ?

J'ai pris un air détaché pour compléter la réponse : « Ligue de protection des oiseaux ! »

— Exactement ! J'ai été créée à l'origine pour mettre un terme au massacre des macareux moines en Bretagne…

Bien sûr, ça avait été un drame terrible au début du XXe siècle. Les chasseurs avaient tué tous les macareux moines, ces merveilleux oiseaux à bec rouge et jaune. La communauté des ornithologues s'était émue devant ce génocide animal.

— Ayant depuis le macareux moine pour emblème, on me doit notamment le retour du faucon pèlerin…

J'ai lorgné vers Michel le Super Champion. Il m'a regardé par en dessous avec un air de faucon pèlerin. Je n'ai pas bronché.

Julien a continué :

– Et j'ai pour but la protection d'espèces menacées ! Présidée par Allain Bougrain-Dubourg…

Je connais très bien Allain Bougrain-Dubourg. C'est un type qui présentait l'émission documentaire *Animalia* sur Antenne 2 quand j'étais petit. Mes premiers émois en matière d'antilopes. Je suis resté concentré. Il ne fallait plus que je redescende de ce petit nuage gazouillant d'oiseaux où j'étais perché. J'étais un macareux moine au bec rouge et jaune, j'étais une espèce menacée qui devait prendre garde aux chasseurs.

26

CBS News

– Ligue pour la protection des oiseaux ! 4 à 0 ! Santé-médecine, a indiqué Julien.

– Je prends, a dit Michel le Super Champion.

Il a caressé sa barbichette. Il me préparait encore un mauvais tour.

– D'accord, Top ! Membrane du corps humain comprenant le *pars flaccida* et le *pars tensa*, je suis constituée de…

Michel a tenté :

– La plèvre ?

– La plèvre, c'est non ! Top ! De neuf à dix millimètres, résistante, élastique…

J'ai hasardé : « La cornée ? »

– Oh non ! Oh, ça c'est une erreur ! Ce n'est pas la cornée ! Top ! Je peux être perforée par otoscopie…

Par otoscopie. *Damned !*

– Le tympan, a rugi Michel.

– Voilà ! Je termine la transmission des vibrations sonores à la chaîne des osselets ! Le tympan, la membrane tympanique ! Tympan ! 4-3 !

Michel revenait à hauteur. Il a eu un petit rire qui ne présageait rien de bon.

– Télévision, a précisé Julien.

J'ai pris la main comme on entre courageusement dans les ordres.

– Top ! Feuilleton ! Feuilleton télé diffusé en France à partir de 76 ! Je suis inspiré d'un roman d'aventures italien publié en 1900, *Les Tigres de Mompracem*...

Je n'en avais pas la moindre idée. Je n'étais pas né quand ce feuilleton passait encore à la télévision.

– Coproduction italo-franco-allemande en six épisodes... a continué Julien.

La lumière s'était éteinte. Ce n'était plus à moi de répondre. Cette histoire de coproduction italo-franco-allemande en six épisodes a mis la puce à l'oreille de Michel le Super Champion. Il m'a jeté un regard mauvais d'albatros insomniaque.

– *Sandokan*, a proféré Michel le Super Champion.

Je n'avais jamais entendu parler de *Sandokan*. Il avait annoncé *Sandokan* comme si c'était évident. Il faisait comme si *Sandokan* était sur toutes les lèvres. Peut-être qu'il allait acheter du pop-corn le samedi soir et qu'il téléphonait à ses amis informaticiens en leur demandant : « Tu as vu le nouvel épisode de *Sandokan* ? »

Même Julien avait l'air de n'avoir jamais entendu parler de *Sandokan*.

– *Sandokan !* Exactement ! *Sandokan !* Il l'a ! C'est une coproduction italo-franco-allemande en six épisodes ! Mon héros est le prince héritier du sultanat de Mulader spolié par les colons anglais et devenu pirate…

Michel a caressé sa barbichette avec un petit gémissement de plaisir. J'allais la lui tirer, sa barbichette.

– 6-4 ! Culture générale ! Match très tendu ici, Michel !

– Je prends la main, a dit Michel.

– Top ! Administration de l'État, je suis composée de trois services géographiques et thématiques notamment relatifs à l'outre-mer et au monde du travail…

Je n'arrivais pas à me sortir *Sandokan* de la tête.

– Excluant de ma compétence les documents produits par le ministère des Affaires étrangères, j'ai pour site originel la rue des Francs-Bourgeois à Paris…

J'avais laissé passer ma chance.

– Les Archives nationales, a répondu Michel le Super Champion, impitoyable.

Julien s'est enflammé :

– Bien sûr ! Je ne sais pas si je l'aurais su ! Je ne crois pas ! Moi, je ne l'avais pas !

Julien m'a jeté un coup d'œil en coin. Il voyait que j'étais totalement dépassé par l'enjeu. À 80 % seulement de mes capacités, quand j'aurais dû être à 280 %.

Je crois qu'il a voulu me remonter le moral et il a commencé à me piquer au vif :

– Vous ne l'aviez pas, Olivier ! Vous n'y pensiez pas du tout !

Je n'ai rien répondu. J'ai pensé très fort à la vie et à la mort et à un plat de spaghettis à la bolognaise. Il n'était pas question de baisser les bras dès maintenant.

– 8-4 ! Sport !

Il fallait que je me refasse sans attendre.

J'ai regardé Julien droit dans les yeux et j'ai murmuré : « Je prends la main. »

– Top ! Sportif né en 75, premier joueur dans mon sport à remporter quatre tournois du Grand Chelem d'affilée…

J'ai entendu : « 1975 », mais rien ne me venait. J'ai essayé : « Borg ? »

Mais je savais que c'était une grosse bêtise.

– Non, a déclaré Julien, surpris.

Michel le Super Champion a ricané. Il avait la réponse. Tournois du Grand Chelem, ça ne pouvait être que du tennis.

– Top ! J'ai égalé mon compatriote Jack Nicklaus…

Michel a appuyé. Il a commis une grave erreur car il avait la main et pouvait encore attendre plusieurs secondes pour réfléchir. Mais il s'est laissé emporter par son ardeur maléfique.

Très sûr de lui, il a affirmé : « Pete Sampras ! »

Une joie très pure, farouche, enfantine s'est emparée de moi. J'avais compris au dernier moment l'immense erreur de Michel le Super Champion.

– C'est non, a rugi Julien. Pete Sampras, c'est non !

J'ai regardé l'écran dans un sourire. Je jubilais. Julien a intercepté mon regard et n'a pas été dupe.

– Et il l'a ! Oh là là ! Là il y a un dérapage Michel !

Michel a relâché ses lèvres qui ont formé un petit cul-de-poule non sans poésie.

– Oui c'est non…, a-t-il confessé, songeur.

– Oui c'est non, a renchéri Julien. Pete Sampras c'est pas ça du tout ! Top !

J'ai répondu sans l'ombre d'un doute : « Tiger Woods ! »

– Tiger Woods ! D'accord ! a accordé Julien.

Ce n'était pas du tennis, mais du golf. Et c'est seulement Jack Nicklaus qui m'a permis de le savoir.

Michel le Super Champion a semblé pour la première fois du match se laisser aller au doute. Il a balayé l'air d'un revers de la main, comme s'il s'agissait d'une bévue sans importance.

– Ah oui ! Oui je n'y étais plus là ! Je n'avais pas Nicklaus ! Bah oui Nicklaus, forcément ! Nicklaus !

Il s'était précipité.

Julien le cuisinait au vin blanc et aux petits oignons.

– Non, c'est Jack Nicklaus qui le met sur la voie ! On n'est plus dans le tennis !

– Oui, oui oui, enrageait Michel. C'est une grave erreur !

Julien était très excité par Tiger Woods :

– Filmé dès l'âge de deux ans par la chaîne CBS News maniant un *putter* ! Ayant réussi mon premier trou en un à l'âge de six ans ! J'ai enfilé à quatre reprises la veste verte du vainqueur des Masters d'Augusta…

Julien faisait le Tigre. Avez-vous eu dix secondes tigre dans votre vie ? Julien, oui. Julien était devenu un tigre. Il imitait Tiger Woods qui enfilait une veste. Il s'est déhanché quatre fois de suite derrière son pupitre.

– Le Tigre ! Tiger Woods ! 8-7 ! Musique !

– Je prends, a dit Michel.

Il continuait à caresser imperturbablement sa barbichette.

Ce type avait l'air indestructible.

– Top ! Type de formation orchestrale révélée par l'Exposition universelle de Paris en 1889, mes sonorités étranges…

– Le gamelan, a avancé Michel le Super Champion sans sourciller.

Le gamelan ! Et quatre points pour Michel…

– Le gamelan, d'accord ! Le gamelan !

Le gamelan, encore une chose dont je n'avais jamais entendu parler.

– La vérité, a continué Julien, on ne l'avait pas du tout, Olivier ! Moi je ne l'avais pas ! Vous ne l'aviez pas !

Julien commençait à m'agacer avec ses « moi je ne l'avais pas », « vous ne l'aviez pas », comme si c'était lui le candidat.

– Qu'est-ce que c'est que le gamelan ?, a demandé Julien qui semblait maintenant plongé dans une conversation personnelle avec Michel.

– C'est un orchestre balinais, a répondu négligemment Michel le Super Champion.

– Oui alors !

– Avec des instruments aux sonorités assez typiques, a poursuivi Michel le Super Champion. Et quand on passe la nuit à Bali, il y en a dans tous les coins... C'est la musique de la nuit, hein !

Quand on passe la nuit à Bali ? Je ne passais pas mes nuits à Bali, moi !

– Il y a des gongs, il y a des xylophones, a continué Julien.

– Oui, a confirmé Michel.

– Et des cloches...

– Oui, a renchéri Michel.

Je t'en foutrais moi, des xylophones et des cloches.

– Orchestre traditionnel indonésien devant son nom au javanais, *gamelle* ! Le gamelan ! Bravo !

Je me laissais aller à un doux désespoir.

– 12-7 ! Question art ! Olivier !

Question art.

Pour l'amour de l'art, il fallait tenter quelque chose.

27

Thermostat 6-7

Question art.
– Je prends la main.
– Artiste né à Bordeaux en 1840, je m'adonne d'abord à la gravure… Je réalise notamment des illustrations pour *Les Fleurs du mal*…
J'ai tenté : « Gustave Doré ? »
– Ça c'est non ! Top ! Ami de Stéphane Mallarmé et de Huysmans, considéré comme un précurseur par les surréalistes…
Michel a appuyé sur sa barbichette :
– Moreau !
– C'est non, Gustave Moreau, c'est non ! Top ! Je manifeste une imagination fantastique et visionnaire dans mes œuvres graphiques qualifiées de noires…
J'ai proposé : « Redon ? »
– Redon ! Odilon Redon, d'accord !
Le public a applaudi.
Ce qui m'a sauvé, ce qui m'a toujours sauvé, ce qui m'a permis d'avancer, c'est l'écriture et la poésie. Je dis « sauvé » même si je suis convaincu qu'au fond, on est tous sauvés de naissance.

Dès la naissance on ne le sait pas encore, mais il n'y a plus qu'à attendre la mort en essayant d'être tendre avec soi, le plus tendre possible, aimant avec les autres, le plus aimant possible, et révolté contre tout le reste. Il suffit de le comprendre pour que la vie devienne une fête.

Je n'étais pas hyper heureux quand j'étais adolescent.

Je crois que je faisais une petite dépression. Une dépressionnette. En gros je me prenais pour un oiseau. Je tournais en rond avec les bras tendus dans la cour du lycée et je cherchais à m'envoler.

Je voyais les autres adolescents exprimer des pulsions avec leur corps et moi je voulais voler au-dessus de la mêlée qui m'excluait. Et je n'existais même pas. Je n'existais plus. Ou j'existais différemment. Je me prenais pour un ange. Pour un oiseau. Pendant trois ans au lycée je jouais à m'envoler. Je faisais cui-cui. J'étais un cygne gracile et majestueux ou un vilain petit canard, au choix. Je me croyais mésange.

Quand j'étais enfant, je voulais être pharmacien-poète : pharmacien pour bien gagner ma vie et poète parce que c'était ce que je préférais faire ; à l'adolescence j'ai voulu devenir Dieu. Je me suis radicalisé en poésie ; j'avais mon décalogue. Plus tard je voulais baiser toutes les filles, écrire tous les livres, apprendre toutes les sciences. Vivre toutes les sensations. Tout connaître. Voyager dans tous les pays.

Mais tous les soirs j'entendais ma mère sangloter, ramper sur le tapis de sa chambre. Et j'entendais les sons qui venaient de la salle de bains. À la maison on était branchés en direct sur Chérie FM, le poste émetteur était dans la salle de bains. Francis Cabrel avait beau chanter : « Je suis le gardien du sommeil de ses nuits, je l'aime à mourir », ma mère pleurait plus fort que Francis, elle jouait les choristes.

Alors pour moi le monde était noir, plongé dans les abîmes d'un malheur dont je ne comprenais pas l'origine. Irrémédiablement noir. Je ne voyais pas comment on pouvait être heureux. Je trouvais ridicules les gens qui étaient heureux. Les gens qui étaient heureux m'énervaient. Il n'y avait que le noir.

Le noir, le noir, le noir.

Les ténèbres, la tristesse en moi.

Je couchais avec la tristesse. Je couchais toutes les nuits avec la tristesse d'exister.

Je n'avais pas le droit d'exister.

À l'adolescence, après le baccalauréat surtout, il y a eu la poésie et la découverte de la poésie. J'ai découvert Victor Hugo et Walt Whitman. Emily Dickinson et Sylvia Plath. Je crois vraiment que sans la poésie je serais mort. J'avais des fantasmes secrets pour l'extase de la chair, et il y avait la poésie pour la masturbation de l'âme. Je crois vraiment que s'il n'y avait pas eu ça je me serais foutu en l'air.

Un philosophe a dit que depuis Auschwitz on a besoin d'un art qui prenne en compte la violence et l'horreur.

Eh bien justement. Ça le prenait en compte. Les poèmes que j'apprenais par cœur, toute la splendeur que j'apprenais par cœur, eh bien ça le prenait en compte. Ça parlait de ça. L'horreur intime.

Cette splendeur parlait de mon enfer minuscule et dérisoire d'enfant reclus dans sa différence et son mutisme. Mon petit enfer à moi, qui bien sûr n'était pas visible de l'extérieur. Et cette splendeur des poètes, cette splendeur sensuelle de la langue, était la seule chose possible pour continuer. Je n'ai jamais pensé au suicide car il y a toujours eu la beauté.

C'était comme un mantra, à l'époque.

Il y aura toujours la beauté.

– Je l'avais au même moment, ça m'est venu aussi, a prétendu Michel.

Il n'acceptait pas de lâcher le moindre point.

– 12 à 9, a résumé Julien. Moi je dis : gastronomie ! Gastronomie ! Que dit Michel ?

– Je prends.

– Top ! Recette ! Quelle est cette recette ? Inspirée d'un plat traditionnel appelé « péla » en référence à une poêle à manche très long…

Michel n'a pas répondu tout de suite. La lumière m'a aveuglé.

– J'ai été inventée par un syndicat interprofessionnel de Haute-Savoie dans les années 80… Portant un nom calqué sur celui d'une variété locale de pomme de terre…

Haute-Savoie. C'était le moment de prendre des risques.

J'ai tenté : « La tartiflette ? »

– Voilà, d'accord !

J'ai respiré.

– 12-12, a murmuré Michel de mauvais poil.

— Gratin de pommes de terre, lardons, oignons sur lequel on fait fondre du reblochon... vous épluchez les pommes de terre ! Vous les coupez en dés !

Julien s'est lancé dans un éloge de la tartiflette.

— Vous les rincez et vous les essuyez dans un torchon propre ! Ensuite vous faites chauffer l'huile dans une poêle pour y faire fondre les oignons ! Et puis vous rajoutez les pommes de terre ! Vous faites dorer tous les côtés des dés de pommes de terre ! Vous rajoutez les lardons ! Et surtout vous grattez la croûte du reblochon et vous le coupez en deux ! Ou en quatre ! Vous préparez un plat à gratin en frottant le fond et les bords avec de l'ail et vous préchauffez le four à 200 °C. Thermostat 6-7 ! Ensuite vous versez une couche de pommes de terre aux lardons ! Vous mettez dessus la moitié du reblochon ! Puis de nouveau des pommes de terre et vous terminez avec le reste du reblochon avec la croûte vers les pommes de terre !

Julien s'est pourléché les babines.

— Et vous enfournez pendant environ vingt minutes ! Tout ça c'est très léger ! Pour les régimes c'est formidable ! Plat très apprécié par les skieurs durant l'hiver c'est la tartiflette ! Égalité ! Bravo Olivier qui arrache l'égalité ! Moi je dis géographie maintenant !

J'ai pris la main.

— Ville de Mésopotamie devenue capitale du calife Al-Mansur en 762, je connais un essor rapide et je suis alors appelée la Cité de la paix... Oui !

J'ai risqué : « Ninive ? »

– Ninive c'est non ! Centre économique et culturel, j'atteins mon apogée sous le règne d'Harun al-Rachid... Oui ?
– Damas, a indiqué Michel.
– C'est non ! Damas c'est non ! Chut !
– Oh oui, a dit Michel en se mordant les lèvres.
– Avant de décliner jusqu'à ne devenir qu'un chef-lieu de province turque... Grâce au chemin de fer me reliant à Istanbul, je reprends de l'importance au XXe siècle... Oui ?
J'ai essayé : « Ankara ? »
– C'est non.
Michel n'a pas commis deux fois la même erreur.
– Top ! Située sur le Tigre... Oui ?
– Bagdad !
– Bagdad voilà ! Exactement ! Bagdad c'est bon !
– Le calife de Bagdad, a souri Michel.
– Capitale de l'Irak, Bagdad !
– Le calife de Bagdad, a répété Michel en me regardant d'un air : « Je t'arracherai jusqu'au dernier poil de nez et je le ferai frire dans ma merde. »
Je l'ai haï en gardant mon sang-froid.
– Capitale de l'Irak depuis 21 ! 1921 ! Littérature !
J'allais me refaire grâce à la littérature.
– Faites vos jeux, Michel !
– Oui je prends !
– Top ! Pièce de théâtre présentée dans la cour d'honneur du Palais des papes au dernier festival d'Avignon, j'ai été créée en 1896 à Saint-Pétersbourg...
Michel a appuyé :

– *La Mouette* !
– Oh oui !
– *La Mouette* !
– *La Mouette*, s'est extasié Julien.

Il a levé les yeux au ciel comme si une mouette arctique venait de traverser le plateau.

– J'y étais, a admis Michel.
– Vous ne pouvez pas vous en sortir comme ça ! Il faut nous expliquer. Je n'ai presque rien dit !
– Si, non, mais j'y étais ! Pas sur la scène. Comme spectateur !
– Ah mais ce n'est pas une raison ! Qu'est-ce que j'ai dit ?

Julien Lepers a relu sa petite fiche jaune.

– J'ai dit : Pièce de théâtre présentée dans la cour d'honneur du Palais des papes, Avignon ! Vous y étiez ?
– Oui, a triomphé Michel.
– Donc vous l'avez vue, la pièce ?
– Oui !
– Attends, il faut le faire quand même ! Il faut une chance folle ! Tchekhov ! C'était bien ou pas ?
– Vous savez moi le théâtre, a ricané Michel.
– Ah on n'en dit pas plus !
– Mais ça m'aura au moins rapporté quatre points !
– Voilà ouais. Premier succès théâtral de mon auteur… Mon auteur…
– Anton Tchekhov, a expliqué Michel qui ne s'arrêtait plus de répondre et gémissait de contentement.

– Tchekhov d'accord ! Allez, on s'arrête là ! C'est à vous de jouer Olivier… 18-12 !
18 à 12.
Ma dernière heure était venue.

28

La fille du roi des Burgondes

18 à 12.

Ce qui m'a permis de garder la tête hors de l'eau, c'est que Julien ne m'a jamais lâché. Même s'il a eu l'air de ne pas très bien se souvenir de mon prénom :

– Il est fort O… euh, Olivier ! Il peut très bien revenir !

C'est clair que je n'allais pas laisser tomber. Je me suis répété que j'avais le droit de revenir. Que je n'étais pas condamné à la détresse. Que je pouvais vivre comme je l'entendais et que personne n'avait à me dicter ce que je devais être.

Bien sûr que je peux revenir. Ils se sont moqués de moi parce que j'étais différent. Ils m'ont appelé Forrest Gump parce qu'ils disaient que j'avais un regard de fou. Mais j'ai l'instinct de survie. Ce que vous m'avez refusé en papillons, je vous le rendrai en tonnes de chenilles urticantes.

Abandonner à 18-12 ? Me laisser mourir parce qu'il y a 18-12 ? Sûrement pas. Me résigner ? Très peu pour moi.

J'ai regardé Michel et je lui ai bien fait comprendre. On ne lâche pas, non.

On reste concentré. On reste concentré. On reste concentré. On reste concentré. On reste concentré. On reste concentré. On reste concentré.

Julien a enchaîné :

– Moi je dis : « Histoire » !

– Je prends la main, ai-je rétorqué du tac au tac.

– Top ! Reine née vers 475 à Lyon... Fille du roi des Burgondes !

Quand on joue à *Questions pour un champion*, on n'a que huit secondes pour répondre dans la zone des « quatre points », avant que l'adversaire ne réponde. J'ai fait le décompte dans ma tête, comme je l'avais appris au club *Questions pour un Champion* aux côtés de Sylviane, Dominique et Jean-Noël : 8, 7, 6, 5, 4, 3, 2, 1...

Je suis bon pour compter. Dès la petite enfance je m'entraînais à jouer au « Compte est Bon » sur un logiciel installé sur l'ordinateur. J'excellais dans les multiples de 75. 75 fois 13 ? 975, ça vous pose un joueur. D'ailleurs, à dix ans j'ai aussi participé à un grand concours international de mathématiques, le concours Kangourou, qui était ouvert à tous les jeunes jusqu'au bac. J'ai fait exprès de faire des erreurs car je n'avais pas envie de devenir le Grand Kangourou. Je suis quand même arrivé 7e sur toute la France. J'ai gagné une règle et un logiciel qui ne servait qu'à faire des ronds et des triangles. Et un tee-shirt avec un kangourou que je n'ai jamais reçu.

8, 7, 6, 5, 4...

– Je suis élevée par l'un de mes oncles...

Sacrés Burgondes ! Tout en mesurant les secondes, je me suis accroché désespérément au mince filet de voix de Julien recouvert par les murmures du public derrière moi et le crépitement chaud des spots.

3, 2, 1...

La lumière m'aveuglait toujours. J'avais besoin d'un dernier indice. Je devais appuyer juste avant la fin des huit secondes.

– Et j'épouse en 493... Oui !

J'ai appuyé sans avoir la réponse. Je la jouais au bluff. Julien m'a regardé. J'avais deux secondes de rab pour réfléchir à une réponse. Peut-être deux secondes et demie.

Mes neurones se sont cognés les uns aux autres à toute vitesse, boostés par l'adrénaline, le café et les petites madeleines trempées dans du coca. Soudain un frisson est descendu le long de mon dos, a fait deux fois le tour de mon testicule gauche, est remonté en flèche vers le cerveau puis est redescendu sur ma langue.

493.

Une reine qui s'est mariée en 493... Quel roi s'est marié en 493 ?

Clovis !

Tout mon plexus solaire s'est relâché et en une fraction de seconde ultra rapide j'ai visualisé la réponse.

Il y a eu un instant de silence sur le plateau autour de moi comme il doit en exister sur des planètes situées très loin du Soleil.

J'ai écouté le silence. C'est marrant comme on peut écouter le silence parfois, et le silence me parlait de choses très pures pleines de violence et d'amour, bien au-delà de Julien Lepers et des rois de France.

J'entendais aussi ce qui se passait à l'extérieur du plateau, le tapage des marteaux-piqueurs sur le boulevard, la rumeur incessante des voitures, le brouhaha de la vie qui m'arrivait du dehors, le bruit du monde qui me blessait par transparence, le quartier de la Plaine Saint-Denis qui vivait et la banlieue parisienne et les continents et la France et le monde et les planètes avec la Voie lactée, et j'écoutais les sons qui venaient de tout autour de moi sur le plateau et c'était comme le doux bruissement d'un ruisseau dans la montagne.

À tout moment, Julien allait prononcer les mots fatidiques « la main passe » qui donneraient la victoire à Michel.

Les mots que j'allais prononcer étaient aussi importants que le dernier vœu d'un condamné à mort.

Clovis. La reine Clotilde.

J'ai dit : « Clotilde ? »

– Oui ! Exactement ! Bravo ! J'épouse en 493 le fils de Childéric Ier !

Michel s'est tordu de douleur.

– Devenue veuve en 511 ! Je me consacre à la fin de ma vie à la piété à Tours ! Après avoir vu mon fils Clodomir tué par les Bourguignons ! Et ses frères Childebert et Clotaire massacrer leurs neveux !

Julien avait l'air très excité par le meurtre de Clodomir à la sauce bourguignonne.

– Reine des Francs ayant contribué avec l'aide de l'évêque Remi à convertir mon mari Clovis, je suis sainte Clotilde !

Sainte Clotilde. Cette femme était une sainte. Que Dieu bénisse les Clotilde du monde entier, ai-je pensé.

J'étais encore en sursis.

– 18 à 16, a récapitulé Julien. Je reviens vers Michel ! Chacun son tour. Michel qui peut gagner le match à tout moment ! Science et technique !

C'était à Michel de décider.

– Il joue pour une deuxième victoire, Michel ! Il joue pour la question, le match et une deuxième victoire ! Michel ? Science et technique !

– Je prends, a dit Michel.

– Top ! Invention testée le 24 mai 1844, mon premier message consistait en ces mots : « Quelle œuvre Dieu a faite »...

Quelle œuvre Dieu a faite, me demandai-je.

Quelle œuvre Dieu a faite. Quelle œuvre Dieu a faite. Décidément, ce jeu nous rapprochait de Dieu, comme saint François d'Assise avec ses oiseaux dans le désert de l'âme.

Michel pouvait appuyer à tout moment. Je regardais Michel. Il n'avait pas la réponse. Il réfléchissait sur Dieu. Je réfléchissais aussi sur Dieu. Tout le monde réfléchissait sur Dieu.

Je me demandais qui avait créé le monde et s'il y avait un sens à tout ça.

– Nécessitant un dispositif électrique fait d'un manipulateur, d'une ligne et d'un récepteur pour émettre des sonorités brèves ou longues, je suis...

Je sentis une cavalcade autour de moi, puis comme un cheval invisible qui se cabre. La lumière m'a inondé le visage. J'ai plissé les yeux comme

Saul sur le chemin de Damas. Et puis la réponse est venue à moi par la route inconnaissable du cerveau humain. Dieu (ou ce qui lui tient lieu de *community manager*) m'a envoyé la réponse sous forme de signal électrique.

Sonorités brèves ou longues… J'ai pensé à la langue morse.

Mais au dernier moment la panique est revenue. Est-ce qu'il s'agissait d'une langue ? Devais-je répondre : « Le morse », ou « La langue morse » ? Que devais-je répondre exactement ?

J'ai marmonné : « Un message en morse ? »

J'ai aussitôt regretté l'énoncé exact de ma réponse. Très imprécis.

– Vous me dites ? m'a interrogé Julien, qui avait l'air sceptique.

Il m'a fait répéter pour s'assurer de ma réponse exacte.

– Vous me dites : « Un message en morse ? »

J'ai répété : « Un message en morse. »

Et j'avais l'impression que ma voix ne m'appartenait plus, que les sons qui sortaient de ma gorge n'étaient plus les miens. Ma voix partait toute seule dans une gamme de sons très aigus que je ne connaissais pas.

– Un message en morse ?

– Votre réponse, a questionné Julien accroché à son oreillette, c'est un message en morse ?

Si l'arbitre n'acceptait pas ma réponse, ma vie s'arrêtait là. Michel était prêt à bondir comme une hyène nymphomane à côté de moi.

Julien a patienté encore quelques secondes, rivé à son oreillette, puis il s'est tourné vers moi. Et j'ai lu dans son regard que la vie continuait.

– C'est oui ! Bonne réponse de O...

Il a cherché mon prénom dans sa tête.

– Olivier ! Un message en morse ! Le code morse ! L'alphabet morse ! Le morse ! C'était bon !

J'avais entre mes mains la balle de match.

– Olivier prend la tête ! Donc Michel, attention, nous en sommes au point suivant ! Olivier mène le jeu 19 à 18 ! Les deux candidats sont près du but, et vu le niveau des candidats ça va se jouer sur cette question-là ! Gros match ce soir et grosse tension ! 19-18 ! Ça se joue maintenant !

Et puis Julien a prononcé le mot-talisman, le mot horrible, le mot béni :

– Botanique.

29

Un bruissement de palmes

– Et j'annonce : « Botanique ! »

J'ai regardé Michel et il n'en menait pas large. Il y avait 19-18. J'avais la main sur une question botanique et il m'avait vu à l'œuvre sur la bourrache.

Il savait de quoi j'étais capable.

Si le nom latin venait... Ah, si le nom latin venait ! Je n'osais même pas y penser.

– Botanique ! Et la décision d'Olivier !

Je me suis bien calé derrière mon buzzer, avec tout le poids du corps dans mes mains qui auraient voulu danser :

« Je prends la main. »

– J'annonce botanique, a répété Julien.

J'ai ouvert grand les yeux vers l'intérieur pour y chercher la confiance en ce qu'on a de plus précieux.

– TOP ! Fruit d'un arbuste ayant pour nom scientifique *Ribes rubrum*...

Ribes ?!

Il y a deux espèces d'arbres fruitiers qui appartiennent au genre *ribes*.

Ribes nigrum. Le cassissier.

Et *ribes rubrum*.

J'ai pris une grande inspiration et l'air de rien, comme si ce qui allait se passer ne s'apprêtait pas à changer en profondeur ma vie, j'ai visualisé la réponse.

Une toute petite baie. Un fruit infime et machiavélique.

J'allais gagner et je me suis souvenu de tout.

Des noisetiers dans le jardin de mes parents qui bruissaient les vendredis après-midi quand je rentrais plus tôt du collège

Du soleil dans une rue de Madrid près du marché Antón Martín où les olives étaient plus grosses que des pastèques

Des barquettes de frites mangées avec Achour Sameur dans le kébab de la vieille ville de Fontainebleau dans la rue piétonne

De m'être masturbé dans les toilettes de la gare d'Avon après avoir passé la nuit à fumer du shit dans un squat transformé en aquarium

D'un nuage de papillons sur l'île de Batz qui faisait comme un geyser de sang sur la bruyère folle et les rochers

Des seins de Zoé qui sont la perfection même…

Un magma infini d'images que je voyais sans arriver à en percevoir la millième partie.

Il y a quelque chose qui s'est dénoué en moi. J'ai revu toutes mes années d'enfance, perdu entre les rideaux de mousseline du salon, tournant sur moi-même dans la clarté qui inondait les rideaux jusqu'à m'abolir dans la légèreté rêche de la mousseline…

J'ai vu des étoiles et des vagues et des icebergs et des océans, j'ai vu une route de campagne où le ciel est bleu et où l'on s'aimerait pour la vie, j'ai vu Nadine Morano faire l'amour avec Jean-Luc Mélenchon, j'ai vu des flocons de neige verte sur des étendues sans fin, j'ai vu le petit matin sur Budapest et sur Zagreb et sur mon enfance et sur ma mort, j'ai vu la grâce sous la forme d'une petite vague qui venait me manger dans la main…

J'ai regardé Julien, j'ai appuyé sur le buzzer :
– La groseille !
– C'est oui ! Et c'est gagné !
Et voilà, c'était terminé.

J'ai pris le pouvoir qui m'était dévolu au centre du plateau.

J'ai regardé Michel le Super Champion, enfin, l'ancien Super Champion, et j'ai fait la foudre d'Usain Bolt. Ça se terminait en apothéose.

Julien explosait.
– Serrez-vous la main tout de suite ! La groseille !
Julien était heureux et sautait dans tous les coins du plateau.
– La groseille !
J'ai poussé un profond cri de joie.

Pour Michel, le monde ne serait plus jamais comme avant. Il a regardé autour de lui. Jamais plus tu ne seras Super Champion lui disait l'univers. Il était au bord des larmes.

Renée-Thérèse en a profité. Elle a surgi de nulle part à mes côtés sur le plateau et m'a murmuré à l'oreille avec un accent provençal qui m'a donné envie de l'embrasser :

« Bravo, tu as passé le turbo ! »

Puis elle a rejoint le public avec sa grosse tête de potiron, et les 300 choristes de Provence se sont mis à applaudir à tout rompre.

– Au début du match, j'aurais dû... J'aurais dû, a bafouillé Michel.

Julien n'a rien répondu.

– J'aurais dû laisser la main... Sur le...

– Ah c'est bête, a admis Julien. Franchement c'est BÊTE de perdre le match comme ça ! C'est bête !

– C'est pas grave, a confié Michel.

Et puis il a chuchoté, comme pour lui-même : « Il n'y a pas de honte à être battu par un candidat pareil. »

– Vous l'aviez la groseille ? Ou pas ?

– Non, a avoué Michel.

– À ce point de la question, vous l'aviez ?! Ou pas du tout ?

– Non, a confessé Michel. Non, non... mais j'aurais dû faire un trou ! J'aurais dû laisser la main sur le coup précédent !

– Oui. Elle est là l'erreur, a reconnu Julien.

– Elle est là mon erreur.

L'air perdu, il a regardé autour de lui.

Julien s'est tourné vers moi.

– Qu'est-ce qui vous a mis sur la voie, Olivier ? *Ribes rubrum ?*

J'ai préféré garder le mystère et j'ai murmuré quelque chose sur les arbustes à fruits rouges.

– Fruit d'un arbuste ! La groseille, a vociféré Julien. Variété « Versaillaise blanche » ou « Gloire des Sablons » !

J'ai contenu ma joie pour mieux la garder pour moi, tout à l'heure. Pour la savourer lentement comme une glace à la pistache. La joie est un pur délice de l'esprit qu'on ne doit pas manger trop vite, sinon on peut faire une indigestion. C'est fou comme la vie est faite.

– Très belle victoire d'Olivier! Michel, un très beau cadeau!

Le speaker a commencé une petite oraison funèbre:

– Ordissimo est heureux de vous offrir sa nouvelle tablette! Avec son écran géant! C'est un ordinateur complet idéal pour tous les débutants en informatique!

Comme ils n'avaient pas arrêté de dire que Michel était un informaticien à la retraite, j'ai pensé que c'était un peu vache.

– Ce n'est pas tout! Tunis Air est heureux de vous offrir un séjour d'une semaine en formule tout compris pour deux personnes sur l'île de Djerba! Terre d'histoire et de culture, la Tunisie vous séduira par son hospitalité et ses saveurs authentiques! Tunis Air vous souhaite un excellent voyage...

Décidément la politique de *Questions pour un champion* se durcissait pour les Français émigrés-immigrés qui n'avaient pas le bon point de vue. Michel repartait en charter par là où il était venu.

Mais j'ai mis ma rancœur de côté et j'ai pensé que ça lui ferait beaucoup de bien à Michel, ce voyage. Je pense que Michel est comme mon père, il a fait de l'informatique toute sa vie mais au fond, si vous voulez mon avis, ce qu'il aurait aimé faire, c'est naviguer en solitaire, être marin.

J'ai un beau souvenir d'enfance avec mon père. Mon oncle Ulysse, ça ne s'invente pas, était marin, et il a habité pendant longtemps en Polynésie. Un été, je devais avoir douze ou treize ans, on est partis avec mon père et on a navigué tous les trois sur le grand voilier de mon oncle entre les îles de la Polynésie. J'écoutais de la pop espagnole dans mon premier baladeur CD et je me suis baigné dans l'éclair bleu des lagons.

Je me souviens de l'or aigue-marine et liquide du soleil sur l'eau. Et de la brise qui agitait doucement les vagues comme un bruissement de palmes.

Même si ensuite on a tous attrapé la dengue, une maladie tropicale qui m'a empêché de manger pendant trois semaines, et pendant ces trois semaines je suis resté alité dans un hamac à rêver obstinément aux petites patates en dés de la cantine.

Un jour on est sortis du lagon. On a mis la voile sur Bora-Bora. Mais une grosse tempête s'est déclenchée. Je nageais assez loin du bateau. J'ai commencé à revenir et je luttais contre les vagues qui étaient de plus en plus grosses. Mais je n'avais pas conscience du danger, je trouvais ça seulement amusant. Mon père m'a appelé, il a crié mon prénom pour me dire de revenir.

– Vite !

Vite.

Je suis rentré en hâte, j'ai nagé vers le bateau. Quand je suis arrivé mon père m'a tendu une serviette et je me suis rhabillé. Il y avait de l'amour dans cette serviette, de la survie au cœur de la tempête et un étrange lien, un lien entre les hommes qui n'existe que quand on est seuls en mer.

– Allez messieurs ! Ici ! À mes côtés !

– Je peux encore passer un message ? a demandé Michel.

– Mais bien sûr ! C'est le moment ou jamais Michel ! Quel match, allez-y ! Comme ça j'ai le temps de me remettre de mes émotions…

– Alors j'ai un fan, a commencé Michel. Dans mes petits-neveux. Il s'appelle Achille ! Et je suis heureux tout de même de lui avoir offert une victoire… Donc bonjour Achille…

– Voilà ! Il va être fier de vous cet Achille ! On ne bouge pas Michel ! Félicitations Michel ! Parce que là vous avez tout donné ! Vous êtes tombé ce soir sur un grand !

Julien s'est tourné vers moi :

– Vous étiez tendu ! Je le sentais tendu ! Il était là, il essayait de sourire et il ne souriait pas ! Il était vraiment dans son match !

– Tchekhov ça l'a un peu tué tout de même, a avancé Michel.

– Oui, a supposé Julien pour ne pas contrarier Michel. Tchekhov ! *La mouette !*

– C'était vache, a dit Michel.

– Mais bon après il vous a rendu la monnaie de votre pièce !

– Ah, bah oui ! Il m'a rendu la monnaie de ma pièce…

– Voilà ! Olivier, on a rendez-vous avec vous ! On a rendez-vous dimanche prochain ! On est bien d'accord, Olivier ? Dimanche prochain, vous jouerez pour une deuxième victoire !

J'ai hoché la tête.

– Avec une cagnotte ! Une cagnotte à combien, Olivier ?

Je ne me suis pas enflammé. J'avais les 50 000 euros en ligne de mire. Mais il restait quatre matchs à gagner. J'ai murmuré : « 50 000 euros. »

– 50 000 euros ! Rendez-vous dimanche prochain avec Olivier ! La réponse à la question qui courait !

Il a regardé autour de lui comme si une question s'était mise pour de vrai à courir sur le plateau.

– La bonne réponse : le piercing bien sûr ! On se fait percer ! Vous avez des piercings vous-même, Michel ?

– Si j'en avais, je ne les montrerais pas...

– Oui ! Ah oui c'est ça ! Donc le piercing, bonne réponse ! Le nom du gagnant ou de la gagnante ! 1 500 euros ! Sur votre écran !

Julien a lancé une dernière fois ses petites fiches jaunes en l'air. Les petites fiches jaunes se sont éparpillées comme des cheveux fraîchement coupés sous le sèche-cheveux du coiffeur.

– D'ici dimanche prochain, Olivier, on se retrouve tous les soirs ! 18 heures ! France 3 ! TV5 monde ! *Questions pour des champions !* Bonne soirée à tous ! Merci ! Au revoir ! Et à demain !

Et hop !

C'est comme ça que ça s'est passé.

30

La Merduse

J'ai remporté la cagnotte après cinq victoires. J'ai ratatiné les autres candidats, dans un état de grâce. Certains téléspectateurs disent encore que je volais. Grâce aux 50 000 euros, j'ai changé de vie. Il s'est passé quelque chose. Et j'ai tout arrêté pour écrire. Quelques mois plus tard, je me suis lancé un défi : prendre des cours de théâtre. Je me suis inscrit dans une école de théâtre et de danse contemporaine à Barbès. J'ai eu pour professeur la plus célèbre des danseuses de Butô, Mademoiselle Nishikori.

La première chose que j'ai apprise, c'est la marche japonaise. Quand on la pratique, on avance en glissant les pieds. Mains contre l'articulation des hanches. La clé pour la marche japonaise, nous disait Mademoiselle Nishikori dans un mélange de français et de japonais qui me l'a rendue immédiatement sympathique, c'est de penser à de « la merde pigeon ». « Caca pigeon », répétait Mademoiselle Nishikori mystérieusement. « Vous avez caca pigeon sur sommet la tête ! » On était une quinzaine dans le cours de danse, et on essayait tous de marcher avec les mains sur les hanches, en pensant à caca pigeon. Tous les matins, huit heures trente. On commençait par s'échauffer. Il fallait détendre l'anus avant toute chose, disait Mademoiselle Nishikori. Il fallait « respirer anu », la « souplesse anu » était essentielle, disait Mademoiselle Nishikori. « C'est une affaire de vie ou de mort. » « Balle tennis anu ! » « Détendre anu ! » Puis, quand nous étions bien échauffés et bien souples, ainsi que nos orifices, nous mettions nos mains bien à plat sur l'os de la hanche, et nous commencions à marcher à la japonaise. Quand nous nous croisions, nous devions faire « Ugh ! », effectuer une légère rotation du corps pour esquiver l'adversaire, puis reprendre notre marche sans dévier un seul instant de notre trajectoire en ligne droite.

J'ai suivi des cours pendant plusieurs mois avec Mademoiselle Nishikori. Ce que je préférais, c'était la pirouette de l'Éternité. On se suivait tous en file indienne, on formait un carré dans l'espace et on tournait sur nous-mêmes. Mademoiselle Nishikori appelait ça la « pirouette de l'Éternité ». Rien que le nom me semblait extraordinaire. Pirouette après pirouette, je me sentais renouer avec quelque chose de très profond enfoui au fond de mon corps, une joie de vivre, une envie folle de danser…

Grâce au cours de danse de Mademoiselle Nishikori, je suis passé par toutes les émotions, toutes les difficultés aussi. Le soir j'étais exténué et parfois en pleurs, car les cours duraient plus de quatre heures chaque matin, et je continuais à m'exercer l'après-midi.

Quand nous n'étions pas assez détendus, Mademoiselle Nishikori se mettait à quatre pattes et venait nous lécher le bout des doigts. C'était magique.

Elle m'aimait beaucoup, mais disait que le haut et le bas de mon corps n'étaient pas en connexion. Elle m'expliquait que je devais être comme un arbre, ployer mes branches et me connecter à mes racines.

Heureusement d'après Mademoiselle Nishikori, la douleur était positive : « Casser les poignets, c'est bien !!! » disait-elle. Et quand une élève lui faisait remarquer qu'elle se trouvait à la limite de ses forces physiques et mentales : « Limite ? C'est bien !!! » disait Mademoiselle Nishikori avec un petit sourire en coin. « C'est création ! Casser les deux poignets et les deux jambes, c'est encore mieux ! »

J'ai tout expérimenté grâce aux cours de Mademoiselle Nishikori. J'ai marché pendant quatre heures uniquement à angle droit. J'ai tracé des perpendiculaires dans l'espace. J'ai déambulé tout l'après-midi dans Paris sans pouvoir m'arrêter de tracer des perpendiculaires et j'ai eu un mal fou à rentrer chez moi. Tout cela est véridique.

Les trois mois de cours avec Mademoiselle Nishikori se sont terminés en apothéose. Nous avons chacun choisi un monstre : nous pouvions grimacer, écarter les bras, tendre les mains, regarder dans une direction, faire quelques pas à cloche-pied… En guise de cadeau d'adieu, elle nous a montré son monstre préféré, la Merduse ! La Merduse de notre professeure consistait à ne produire aucun effort musculaire. « Oui, Méduse », disait-elle. « Mais aussi vous être merde… Méduse… Merde… Vous être Merduse… » Mademoiselle Nishikori nous montrait alors comment imiter la pieuvre, avec un talent prodigieux elle devenait pur tentacule, pur poulpe, et puis elle ajoutait ce qu'elle appelait l'Effet merde et alors on voyait un tas gélatineux qui ne ressemblait plus que très lointainement à un être humain.

En fin de compte, avec cette folle libération du corps, Mademoiselle Nishikori m'a appris à danser. Parfois, il suffit de faire une petite pirouette dans l'éternité, et le dégoût profond qu'on a de son corps s'évanouit comme une libellule à la surface du lac dans un haïku japonais.

Fin

Lignes de suite

Van Gogh a dit cette chose extraordinaire, ou plutôt il l'a écrite à son frère Théo :

« Et les hommes sont souvent dans l'impossibilité de rien faire, prisonniers dans je ne sais quelle cage horrible, horrible, très horrible. On ne saurait toujours dire ce que c'est qui enferme, ce qui mure, ce qui semble enterrer, mais on sent pourtant je ne sais quelles barres, quelles grilles, des murs. Tout cela est-ce imaginaire ; fantaisie ? Je ne le pense pas. Sais-tu ce qui fait disparaître la prison, c'est toute affection profonde, sérieuse. Être amis, être frères, aimer cela ouvre la prison par puissance souveraine, par charme très puissant. Mais celui qui n'a pas cela demeure dans la mort. »

Voilà c'est peut-être cela écrire, pour moi, chercher à *ouvrir la prison*, aimer, aller à la rencontre des autres, tout simplement.

Le fascisme de la norme ? La peur de la différence ? Nous n'y sommes pas condamnés. Grâce à la poésie, et c'est ce que j'ai essayé de faire dans ce livre, on peut transformer la vie. Transformer le jeu *Questions pour un champion* en une quête de soi-même. Mon premier roman, *Danse d'atomes d'or*, racontait la victoire de l'amour et de l'écriture sur l'absence et la mort. Écrire, pour moi c'est une façon de survivre. Une alchimie étrange, une esquive, un boomerang, un renversement, un art de la prestidigitation, un monde où tout serait guérissable.

Face à la violence du monde, que peut la littérature ?

Je n'ai pas la réponse. Mais l'écrivain doit faire deux choses. Ne pas mentir sur ce qu'il sait. Jamais. Et lutter de toutes ses forces contre l'exclusion. Quoi d'autre, sinon cela ?

Je tiens à remercier pour l'écriture de ce livre mes éditeurs Catherine Argand et Jean-Maurice de Montremy, ainsi que DG et EF, rimes embrassées dans mon cœur.

Je tiens enfin à exprimer ma gratitude à tous les lecteurs et libraires qui ont si chaudement accueilli mon premier roman, ainsi qu'à toute la communauté des blogueurs et des blogueuses pour leur extraordinaire soutien lors de la parution de ce second roman. Sans eux, ce livre n'aurait pas connu une telle aventure. Merci de lui avoir permis d'exister auprès d'un si grand nombre de lecteurs.

Olivier Liron

Table des matières

1. Bienvenue dans mon monde   9

PREMIÈRE PARTIE
LE NEUF POINTS GAGNANTS

2. Diên Biên Phu   15
3. Un maître à l'ancienne   23
4. Le bonhomme de neige et la mésange   25
5. Bonsoir à tous   31
6. Un atlante, c'est bon !   37
7. Fils du Soleil   47
8. La tranchée   56
9. Caroline, cadeau !   69
10. *De retour de vacances*   74

DEUXIÈME PARTIE
LE QUATRE À LA SUITE

11. Remus et Romulus   79
12. Les *Pensées* de Pascal   83
13. Doctissimo   89

14. 200 km à travers les paysages de la frise	95
15. Le prince Mychkine	98
16. Barbara	105
17. Un rôti pour dimanche	112

TROISIÈME PARTIE
LE FACE-À-FACE

18. Animaux, messieurs !	117
19. Jack Lang	120
20. Place de l'Opéra	125
21. Pénalty pour Sochaux !	130
22. La bourrache	133
23. Canet-en-Roussillon	136

QUATRIÈME PARTIE
LA FINALE

24. Un treizième café	145
25. La laque Elnett	148
26. CBS News	153
27. Thermostat 6-7	160
28. La fille du roi des Burgondes	168
29. Un bruissement de palmes	175
30. La Merduse	183

Lignes de suite   187

RÉALISATION : IGS-CP À L'ISLE-D'ESPAGNAC
IMPRESSION : CPI FRANCE
DÉPÔT LÉGAL : AOÛT 2019. N° 141886 (3034121)
IMPRIMÉ EN FRANCE